P'tite hirondelle

Éditions Kiwi romans
16, rue de Lancry, 75010 Paris

Direction : Édouard Frison-Roche
Direction éditoriale : Katia Kaloun
Édition : Alix Putavy et Marion Vergnolle
Direction artistique et mise en pages : Charlotte Thomas
et Coline Cayzac

ISBN : 978-2-492534-24-9

Dominique Zachary

P'tite hirondelle

kiwi
romans

Avant-propos

Le roman de Dominique Zachary ressemble au vol d'une hirondelle. Il virevolte d'un récit épistolaire à un garage où l'on tente de réparer aussi bien les âmes que les pannes mécaniques. *P'tite hirondelle* se lit comme un conte. J'ai beaucoup apprécié le style fluide, drôle par moments, et cette façon qu'a l'auteur, sobre et bienveillante, de rappeler aux humains combien la proximité des hirondelles est l'ultime salut pour un monde stressé, déboussolé, qui ne sait plus regarder la nature comme la nature le regarde.

Yasmina Khadra,

auteur du roman *Les Hirondelles de Kaboul*

Ce roman est une pure fiction, bien qu'il s'inspire
d'une histoire vraie…

Le Petit Journal

ADMINISTRATION
61, RUE LAFAYETTE, 61
Les manuscrits ne sont pas rendus
On s'abonne sans frais dans tous les bureaux de poste

5 CENT. SUPPLÉMENT ILLUSTRÉ 5 CENT.

24me Année — Numéro 1196

DIMANCHE 19 OCTOBRE 1913

ABONNEMENTS

LE SAUVETAGE DES HIRONDELLES

Surpris par une tempête de neige dans la traversée des Alpes, un vol considérable d'hirondelles est recueilli au monastère du Saint-Bernard

Une gravure en couleurs occupe toute la une du *Supplément illustré* du *Petit Journal* du dimanche 19 octobre 1913, vendu cinq centimes. Intitulé « Le sauvetage des hirondelles », ce dessin représente des moines qui s'activent pour offrir l'hospitalité dans leur refuge à des dizaines d'hirondelles, apparemment surprises par une violente tempête de neige en plein automne. Nous sommes à la veille de la Première Guerre mondiale.

À l'intérieur du *Petit Journal*, en deuxième page, ce court article :

> *Surpris par une tempête de neige dans la traversée des Alpes, un vol considérable d'hirondelles est recueilli au monastère du Saint-Bernard.*
>
> *Les moines du Grand-Saint-Bernard ne s'occupent pas seulement de retrouver, grâce à leurs chiens célèbres, et de secourir et d'héberger les voyageurs égarés dans les neiges. Il leur arrive aussi de donner l'hospitalité à des oiseaux.*
>
> *Il y a quelques jours, tandis que la bourrasque faisait rage, ils aperçurent, venant du nord, une nuée d'hirondelles qui se dirigeait vers l'hospice pour trouver un abri. Aussitôt, portes et fenêtres furent ouvertes. Déjà la neige tombait à gros flocons. En un instant, toutes les salles furent remplies par les petits oiseaux, exténués de faim et de fatigue,*

grelottant de froid. Il y en avait dans la chapelle et dans le réfectoire, il y en avait jusque dans les cellules des moines qui allumèrent de grands feux pour permettre aux pauvres animaux de se réchauffer.

Le lendemain, après une nuit de repos, le temps s'étant remis au beau, le cortège des hirondelles reprit son vol vers midi. Mais il paraît que le secours n'avait pas été assez prompt, car les moines retrouvèrent aux environs du couvent des centaines de cadavres de ces oiseaux migrateurs qui, la veille, n'avaient pu s'abriter assez tôt.

1

2018

Les glaciers fondaient, les rivières débordaient, le climat s'échauffait, les hommes et les femmes s'inquiétaient. Il restait malgré tout un phénomène immuable de la nature sur lequel personne n'avait de prise : les hirondelles ! Elles étaient revenues, comme à chaque printemps.

C'est la gamine, Finette, en rentrant de l'école, qui les avait aperçues la première.

– Regarde, maman, il y en a au moins sept ou huit ! Je les ai comptées. Elles ont retrouvé les mêmes nids que l'an passé, dans le garage.

La petite, radieuse, saluait le retour des hirondelles comme une nouvelle apaisante, un rituel du début d'avril, promesse de matins plus chauds et gorgés de lumière.

La mère sourit à l'enfant. Elle lui servit son goûter, lui aussi rituel, un bol de chocolat chaud accompagné d'une tartine de confiture à l'abricot et d'un biscuit sec, « La tartine de l'écolier ». Chaque jour, au retour de l'école, le plaisir de l'enfant consistait à plonger son biscuit dans le breuvage chaud et à assister au spectacle de la désagrégation progressive du solide gâteau, au caractère pourtant bien trempé, qui commençait à se fissurer, se lézarder, s'émietter et qui coulait finalement au fond du bol sous l'action subversive du chocolat chaud préparé avec amour par sa maman.

Mais si elle se réjouissait du retour des hirondelles pour sa Finette, au fond d'elle-même, elle bougonnait contre ces oiseaux migrateurs « venus encore une fois saloper le garage ». En la matière, la garagiste était d'une mauvaise foi totale, car sa petite concession, Toto-la-dépanne, n'était pas vraiment un modèle de showroom clean et brillant, au contraire du nouveau garage Citroën des frères Colmant inauguré le mois précédent à l'autre bout du bourg.

– Les Colmant, des ambitieux et des péteux engoncés dans leur costume ! Un garagiste garde toujours la main noire et graisseuse et n'est jamais endimanché et embourgeoisé comme ça, avait-elle décrété sans détour.

À vrai dire, l'atelier de Paola Ortiz, dite « la Mécanette », était un sacré foutoir ! Elle n'y avait jamais rien rangé, mais elle prétendait savoir où tout se trouvait. On se serait cru dans un garage vintage d'il y a quarante ans. Sur une étagère, un bidon jaune et vert d'huile moteur Energol semblait défier le temps. Il bombait le torse face à un vieux cousin, un pot rouge et jaune de cinq litres d'huile « minérale pure » Toneline, sur lequel était représenté un lévrier – symbole de vitesse. L'huile Toneline stagnait sur l'étagère depuis des années ; sans doute le pot n'avait-il jamais été ouvert et le lévrier était-il toujours resté dans ses starting-blocks. Des pneus étaient amoncelés un peu plus loin en une pile verticale défiant dangereusement la tour de Pise. Des clés de toutes sortes, des clés plates, des clés à fourche, à pipe, à molette, des clés anglaises, des marteaux, des tournevis, des ponceuses et des dizaines de pots de peinture pour carrosserie étaient disséminés sur plusieurs étagères aux quatre coins du garage. Répartis sans la moindre logique ni selon le moindre critère. Une chatte n'y aurait sans doute pas retrouvé ses petits. La Mécanette, si. Elle savait où chaque objet reposait. Ou plutôt : était abandonné. Et gare à celui qui voulait remettre de l'ordre dans son joyeux tohu-bohu. « Fous-moi le camp de mon atelier ou alors je te donne un fameux coup de pied au cul ! », gueulait la quadragénaire, qui feignait parfois des accès de colère.

Avec sa salopette grise maculée de cambouis, ses cheveux châtains coupés court à la garçonne et sa voix rauque, la Mécanette ne faisait pas vraiment dans le glamour. Les anciens trouvaient qu'elle avait des airs de l'actrice Annie Girardot, jeune. Mais on l'aimait bien, dans le village, et on l'appréciait comme ça. Parce qu'elle était efficace pour réparer les voitures en panne ou assurer les entretiens et demandait beaucoup moins cher que les grippe-sous Colmant.

Quand elle avait dix-huit ou vingt ans, certains jeunes du village avaient tenté de lui faire la cour et de l'inviter à danser au bal, mais tous s'étaient pris un râteau. C'est bien simple, depuis toutes ces années, personne n'avait jamais vu la Mécanette au bras d'un gars.

« C'est pas possible que cette femme reste célibataire à vie ! Elle gueule souvent, oui ! Elle a mauvais caractère, oui ! Mais elle camoufle bien des formes sous sa salopette ! Pour moi, elle a une vie cachée, la nuit. Elle doit être gouine », avait lancé trivialement, un dimanche midi, à l'apéro, un des gars du village, le « Poupou », dont la finesse n'était sans doute pas la première qualité. On l'avait affublé de ce nom, « Poupou », parce que, coureur cycliste amateur dans sa jeunesse, Jean-Paul Kasporwicz, fils d'émigrés polonais, n'avait jamais été foutu de remporter le moindre bouquet lors des compétitions. Toujours bien placé, au mieux deuxième, mais jamais sur la première marche du podium. « Il me manque un peu de jambes pour le sprint et le rush final. Sinon, je suis un crack », se vantait le Poupou.

« Il te manque surtout de la légèreté. T'as toujours eu quelques kilos en trop et ton maillot éclate à cause de ton gros ventre », se moquait un copain à lui du village, le Riton, chômeur longue durée, un petit trapu que l'on avait toujours connu chauve et qui faisait trente-six petits travaux de peinture et bricolage au noir pour un tas d'habitants.

S'il y avait bien un thème qui faisait consensus entre le Poupou et le Riton, c'était qu'ils ne comprenaient pas comment une femme seule, sans conjoint, sans mari, avait pu obtenir un jour l'agrément et l'accord de l'ASE, le Service d'aide sociale à l'enfance du département à Perpignan, pour adopter sa fille, la Finette. On n'avait jamais vu cela, une femme seule adopter un enfant ! Comment avait-elle fait ? Mystère. Elle avait dû payer des pots-de-vin, de gros dessous de table, elle avait fait tellement de *black* avec les réparations et les entretiens dans son garage qu'elle pouvait se le permettre, selon l'avis péremptoire du Poupou. Pour Riton, elle avait dû coucher avec le directeur du service départemental de l'ASE ; une hypothèse tout aussi subtile. « Ben non, imbécile, ce n'est pas possible, ça, puisque je te dis qu'elle préfère sûrement les femmes ! » avait aussitôt répliqué le Poupou. « Ah, oui, t'as raison, Poupou, j'avais oublié. Eh ben alors, c'est que le directeur de l'ASE est une femme qui a plu à la Mécanette ! » avait conclu on ne peut plus logiquement le premier, partant dans un rire gras qui dévoilait une dentition hasardeuse avec une canine manquante et jamais remplacée.

Finette, la fille adoptive de Paola Ortiz, une petite fille au corps menu et gracile, portant de longs cheveux noir de jais, était arrivée un jour comme un oiseau migrateur de l'autre bout du monde, d'Asie du Sud-Est, mais personne au village ne savait de quel pays exactement. Et d'ailleurs, cela n'avait aucune importance. Ce que l'on savait en tout cas, c'est que cette petite fille timide, presque sauvage, semblait toujours en joie de se promener dans la nature. Elle chantait avec les oiseaux. Elle leur parlait même et semblait comprendre le langage des hirondelles.

« Salut, c'est le printemps ! C'est l'ange de tendresse ! Ne devinez-vous pas pourquoi je bous d'ivresse ? Ange de ma grand-mère. Ange de mon berceau. Ne devinez-vous pas que je deviens oiseau. Que ma lyre frissonne et que je bats de l'aile comme hirondelle. »

Arthur Rimbaud, extrait d'*Un cœur sous une soutane*

2

13 septembre 2012

Bonjour Madame Tu-Whang,

Je suis Paola Ortiz, la dame du département des Pyrénées-Orientales en France qui vous a contactée hier par mail. Pardonnez tout d'abord mon anglais qui reste approximatif. Je l'ai appris il y a plusieurs années mais, étant garagiste dans un petit village du sud-ouest de la France, je n'ai plus vraiment l'occasion de le pratiquer. Aussi me suis-je permis de traduire quelques mots ou expressions via l'outil Google Traduction. J'espère que tout ce que je vous écris ici vous sera compréhensible. :-)

Hier soir, j'ai lu attentivement vos conditions pour devenir marraine d'un enfant de votre association au Chenmyr. J'ai été impressionnée et même émue, je dois vous le dire, par les photos de tous ces enfants orphelins, mais aussi par la façon extraordinaire dont votre association les prend en charge dans votre école privée. On voit que ces enfants rayonnent. Mais j'ai bien conscience que vos besoins sont immenses. Vous avez besoin d'argent pour payer les enseignants, pour fournir du matériel scolaire, pour créer un puits et disposer d'eau potable en permanence. En plus d'un tas d'autres priorités...

Cela faisait longtemps que j'avais envie de m'investir dans un tel projet. Ici, en Europe, nous ne manquons de rien. Il y a moins d'orphelins que chez vous. J'ai décidé de devenir membre de votre association et je vous verse donc, dès ce jour, un montant de 30 euros par mois. J'ai envie de me rendre utile et je suis très sensible au sort de ces enfants d'Asie du Sud-Est qui ont perdu leurs parents.

Je suis impatiente de pouvoir recevoir une photo de ma filleule et une description de son profil. Oui, je parle de filleule au féminin. Je suppose que cela ne pose pas problème si je vous demande en priorité d'être la marraine d'une petite fille. Je n'ai évidemment rien contre les garçons. Mais j'ai une sensibilité féminine que je voudrais développer par la présence d'une fillette que je pourrais accompagner dans son parcours scolaire, dans son parcours de vie.

Je serai très heureuse, madame Tu-Whang, de recevoir de vos nouvelles. Vous êtes la bonne fée qui redonne soleil et espoir à ces enfants.

Paola Ortiz,
habitante du 14, rue des Catalans à Pradonas,
gérante du garage Toto-la-dépanne

*

2

Proningyutha, le 16 septembre 2012

Bonjour Madame Ortiz,

Je vous rassure, il y avait certes quelques passages dans votre mail visiblement mal traduits par Google mais, dans l'ensemble, j'ai tout compris. C'est formidable que vous puissiez venir en aide à notre association. Merci beaucoup ! Si des centaines d'Européens faisaient comme vous, nos besoins seraient comblés. Mais c'est loin d'être le cas.

Fin 2010, mon pays a placé beaucoup d'espoirs en l'arrivée au pouvoir d'Annygu Sun Saa Kè, qui avait passé dix années en résidence surveillée et qui était le symbole de la liberté et de la démocratie. Mais il est difficile de réformer le pays d'un coup de baguette magique, et l'ancienne junte militaire continue de posséder plusieurs pans de pouvoir. Nous voudrions par exemple pouvoir ouvrir officiellement un orphelinat avec internat pour tous ces enfants, mais nous n'y sommes pas autorisés car la législation au Chenmyr nous contraint à ramener ces enfants dans leur famille ou auprès de leur tuteur, chaque fin d'après-midi après l'école. La plupart sont orphelins. Beaucoup de leurs parents sont décédés à cause du sida. Les plus chanceux d'entre eux sont hébergés par un oncle, une tante, qui leur sert de tuteur, par une vieille grand-mère aussi, parfois, quand celle-ci est encore en bonne santé, mais c'est si rare.

J'ai la joie de vous annoncer, madame Ortiz, que suite à votre adhésion à notre association, vous êtes désormais la marraine d'une petite fille chenmyre de cinq ans. Cette enfant est en parfaite santé. Elle fréquente notre centre depuis un an, est très sociable, rit souvent. Elle joue avec beaucoup de petits camarades. Envoyez-moi à votre tour votre photo par mail ; je l'imprimerai et la montrerai à la petite.

Elle saura ainsi qu'une marraine en Europe l'aime beaucoup, la protège et veille sur elle !

Elle s'appelle Myao Kaung, ce qui signifie littéralement « la fille de l'hirondelle ». Cette enfant n'a plus son papa ni sa maman. Elle n'a plus que sa grand-mère pour l'élever, une dame qui habite de façon précaire dans une maison haute, à grandes baies ouvertes et sans vitres. Une maison fort délabrée à dix kilomètres d'ici. Les hirondelles y entrent nombreuses pour aménager leur nid. La grand-mère, plus jeune, récoltait ces nids faits de branchettes et de salive d'hirondelle qui, après avoir séché, étaient revendus à un marchand et envoyés en Chine pour servir de caviar asiatique aux restaurants chinois. Elle vivait grâce à cela. Mais la grand-mère a aujourd'hui plus de soixante-dix ans, elle est trop vieille et fatiguée à présent. Elle sait à peine s'occuper de la petite Myao Kaung et c'est nous, l'institution, qui nous chargeons de l'enfant toute la journée puis la ramenons chez elle le soir, en bus, avec d'autres enfants.

Je vous donnerai plus de détails une autre fois, si vous le souhaitez. Là, je dois vous laisser, car j'ai une visite des inspecteurs du canton ce matin et je ne peux les accueillir en retard.

Soyez bénie de Bouddha, chère madame Ortiz ! Merci d'avoir adhéré à notre association !

San San Tu-Whang,
directrice de l'association Nay Nae Pyuannay Saï

3

Le petit garage Toto-la-dépanne semblait inexorablement condamné face aux groupes des grandes concessions automobiles. Combien de temps encore la Mécanette survivrait-elle face à la concurrence de plus en plus écrasante des pièces automatisées, des devis standardisés, des réparations plus informatisées que mécaniques, des espaces de travail pour ordinateur portable, de la tasse de café et du petit biscuit que les employés des frères Colmant offraient systématiquement à leurs clients dans un petit salon annexe en attendant la fin des travaux sur leur véhicule ? La Mécanette n'avait rien à offrir de tout cela : aucun café, aucun espace de travail pour PC et aucun devis présigné avant réparation. Chez Toto-la-dépanne, le client avait déjà le privilège de pouvoir rester sur place, dans le garage, et de tailler une bavette avec la patronne pendant les réparations. Ce moment de convivialité n'avait pas de prix et valait tous les *open space* avec café et outils connectés...

Ce matin-là, la Mécanette avait travaillé sur la Volvo XC 60 de Gaëtane Moltrone, l'épouse du maire de Pradonas, qui devait passer au contrôle technique d'un centre agréé le lendemain au plus tard. La voiture faisait l'objet d'entretiens annuels et semblait en bon état. Quand la femme vint rechercher le véhicule vers midi, la Mécanette lui tendit la facture. La cliente lui devait la somme de 344,52 euros, TVA comprise, ce qui, on en conviendra aisément, était un montant modeste au regard des prestations réalisées en un temps record : graissage-vidange, démontage du filtre à air, équilibrage des pneus, tests de visibilité des phares, remplacement des plaquettes de frein, révision de l'embrayage, remplacement d'un feu arrière gauche.

– Vous n'y allez pas de main morte avec vos 344 euros ! L'an dernier, je n'avais payé que 180 euros environ. C'est parce que c'est bon marché, d'ailleurs, madame Ortiz, qu'on continue à venir chez vous. Mais là, une augmentation aussi sèche passant presque du simple au double, j'aurais préféré que vous m'appeliez pour me prévenir, pesta madame Moltrone.

– Suis désolée, madame Moltrone. Je vous propose déjà les tarifs les plus bas de toute la région. Alors ne me demandez pas le beurre et l'argent du beurre ! J'ai dû cette fois remplacer vos plaquettes de frein. Et je me facture vraiment une prestation horaire au coût le plus bas par rapport à la main-d'œuvre. Ceci dit, vous pouvez toujours aller chez les Colmant. Avec tout ce que j'ai fait sur votre voiture, vous ne vous en sortiriez pas avec une facture inférieure à 500 euros ! Vous pouvez toujours aller comparer, madame Moltrone…

C'est à ce moment qu'une hirondelle, qui trouvait sûrement le temps long, quitta joyeusement son nid tout au fond du garage pour dessiner un joli huit tout en arabesques. Puis, l'oiseau ponctua sa petite escapade par une fiente blanche et glaireuse qu'il laissa choir pile sur l'épaule de l'épouse du maire ! Gaëtane Moltrone, qui portait un imperméable beige clair et une impeccable mise en plis après être passée de bon matin entre les ciseaux et le gel d'Arlette, la coiffeuse du salon Ad-hair, laissa échapper un cri.

– Sale bestiole ! Fous le camp d'ici ! Madame Ortiz, comment tolérez-vous encore des oiseaux et de telles pollutions dans votre garage ? Comment je vais nettoyer cela, moi ? Vous avez intérêt à vous débarrasser de ces oiseaux toxiques ! Vous entendez ? Sinon je vais en parler à mon mari et il vous enverra un agent du service de l'Environnement pour démonter tous vos nids… Non mais, on n'a jamais vu cela.

Quelle honte ! Elle vociférait, doublement exaspérée par les 344 euros et par la fiente qui avait entaché son bel imper et sans doute sa journée.

– Suis désolée, madame Malotrune.

– Moltrone ! Mon nom est Moltrone, comme mon mari, le maire.

– Bien sûr, pardon madame Malotrune. Je suis vraiment désolée. Je vais aller nettoyer votre imperméable. Mais vous devez savoir que ma petite fille et moi apprécions les hirondelles. Un ancien garage comme celui-ci est un endroit idéal pour qu'elles y installent leur nid. Pour ne rien vous cacher, j'avais même l'idée d'étendre leur nombre. Mais pour contrer les désagréments liés à la présence d'hirondelles, et notamment les fientes, je comptais installer des petites planchettes sous les nids. Elles permettraient aussi d'éviter la chute d'oisillons.

Excédée par ce qu'elle percevait comme une provocation, l'épouse du maire quitta précipitamment le garage, après avoir réglé sa note et fait glisser un essuie-tout sur son vêtement tout souillé…

Le soir même, la Mécanette rédigea un courrier à l'attention du collège municipal et du maire, avec une copie pour l'antenne régionale de la Ligue pour la protection des oiseaux et l'Office français pour la biodiversité. La Mécanette n'était peut-être pas un modèle de rigueur pour les réparations des véhicules et le rangement dans son atelier mais, par contre, en matière environnementale et de protection des oiseaux, mieux valait ne pas la contrarier… Dans ces courriers, Paola Ortiz réclama protection pour ces petites hirondelles des campagnes que l'on appelait autrefois « hirondelles de cheminée », à la gorge caractéristique rouge brique, et à la tête sombre, sans tache blanche. La Mécanette prit la peine de rappeler la composition de son nid en demi-coupe ouvert sur le dessus : des boulettes de terre et de brindilles. On le trouve principalement à l'intérieur des bâtiments agricoles, surtout les étables et les écuries, mais aussi dans les garages comme celui de Toto-la-dépanne.

Pour la Mécanette, il était donc hors de question d'éradiquer ces nids des garages, il fallait au contraire les préserver, voire les multiplier.

Au même moment, Gaëtane Moltrone hurlait dans le bureau de son mari et lui signifiait que, si dans les trois jours, lui et sa police municipale ne parvenaient pas à retirer les nids polluants de « la Mécanette, la folle aux oiseaux », s'il n'était même pas capable d'éliminer quelques fientes d'hirondelles, alors il était indigne de porter le titre de maire. Raymond Moltrone, le maire Divers Droites de Pradonas, avait clairement la pression.

Voilà comment, pour une simple affaire de fiente, une politique locale peut déraper…

« Qu'est-ce qu'elle a donc fait
La p'tite hirondelle ?
Elle nous a volé
Trois p'tits sacs de blé !
Nous la rattrap'rons
La p'tite hirondelle
Et nous lui donn'rons
Trois p'tits coups d'bâton !
Trois, trois, passera
La dernière, la dernière
Trois, trois, passera
La dernière y restera »

Comptine pour enfants

4

Proningyutha, le 4 octobre 2012

Chère Madame Ortiz,

Je m'étais promis lors de notre échange il y a quinze jours de vous en dire davantage sur notre orphelinat et sur les conditions d'encadrement de votre chère filleule, Myao Kaung.

La petite est entrée dans notre institution tout récemment. Elle éprouve de grosses difficultés à tenir en place dans une classe et à conserver son attention au-delà de quelques secondes. Mais je dois dire qu'elle fournit de gros efforts et semble vouloir sincèrement combler l'écart qui la sépare de ses camarades. Nos institutrices ont constaté que la fillette paraît toujours bien concentrée le matin, mais chaque après-midi, après le repas de la mi-journée, son esprit semble partir ailleurs. Nos enseignantes observent que le regard de Myao Kaung s'attarde sur des hirondelles qui virevoltent dans la cour, avant de faire une halte sur un poteau ou le sommet d'un chariot. Myao les accompagne du regard, comme si ces hirondelles faisaient partie de sa famille.

Sachez aussi que nous faisons appel aux pouvoirs publics de la région pour aider au financement de notre établissement et à la prise en charge journalière des 180 orphelins qui viennent ici chez nous, de la maternelle à la 6ᵉ. De généreux donateurs en Allemagne, en Angleterre, aux Pays-Bas et en France nous viennent également en aide. Sur la colline surplombant le fleuve qui arrose toute la vallée, l'Innalay, nous avons aménagé un petit village de vacances formé d'une quinzaine de bungalows. Nos hôtes, en provenance de toute l'Europe et du Japon, séjournent à Bourras avant de venir nous saluer ici et encourager nos activités au service de ces enfants. Tous ces gestes sont les bienvenus, je vous l'assure. Vous devriez voir l'enthousiasme de ces petits, qui vivent dans des conditions modestes, quand ils apprennent à lire et écrire… Ils sont extraordinaires ! Tous vous accueillent d'un généreux sourire lors de la récréation, au moment de les rencontrer. « Mingalala, mingalala ! », *« Bonjour, bonjour ! », clament-ils tout autour de vous.*

Je ne saurais que trop vous recommander de venir nous saluer ici, au Chenmyr, madame Ortiz, si vous en avez l'occasion d'ici quelque temps. Je suis convaincue que l'air ici est plus doux que partout ailleurs dans le monde. Au moment où je vous écris, il est 18 heures, le soleil commence à descendre à l'horizon, tout au bout de la plaine, derrière les forêts. Je sens derrière moi un air rempli d'odeurs de miel et de jasmin, venant de l'école où Myao Kaung et ses camarades termineront bientôt les cours de la journée. Dix oiseaux blancs s'ébattent dans le ciel. Tout à gauche, montant du village, un haut-parleur diffuse de la musique chenmyre. À droite, lui fait écho en stéréo le murmure d'un moine bouddhiste récitant des extraits de sutras. Et puis, au centre du paysage, le fleuve, notre fleuve, l'Innalay, indolent, paresseux, imperturbable. Il brille, nacré, face au soleil couchant et entouré d'une garde rapprochée de bancs de sable chaque année plus envahissants. On entend des cris d'enfants jusqu'au sommet de la colline ; tout en bas, certains jouent derrière une hutte montée sur pilotis, car l'eau grimpe très vite dans cette zone lors des moussons. Deux hommes, avec des machettes, affinent des languettes de bambou puis font glisser les tiges les unes dans les autres. Les femmes, qui travaillent toujours plus que les hommes, achèvent d'empiler des briquettes rouges d'argile que leurs patrons vont exporter vers la Chine et l'Inde. Je vois tout cela du haut de ma colline, au soleil couchant.

L'air quelque peu embué ne permet plus de distinguer les montagnes dans le lointain, derrière le fleuve. Mais quand le soleil s'apprête à descendre sous l'horizon, elles ressurgissent à nouveau. C'est notre cadeau de la fin du jour.

Lorsque le soleil se prépare à mourir ainsi, mon cœur bat plus vite et j'ai toujours l'impression d'une perte irréparable, d'une brisure, d'une fracture. Mais heureusement, cette sensation désagréable, ce chagrin qui pointe en moi, ne dure que quelques secondes. Car tout là-bas, derrière la montagne, le ciel reste allumé d'un foyer orange, telle une soucoupe. Et au cours des minutes qui suivent, tout l'horizon s'embrase de palettes orange et rouges, comme si le ciel n'était qu'un brasier d'étincelles. C'est à ce moment que traverse toujours le ciel une cohorte d'hirondelles, étoiles filantes venant participer au feu d'artifice final. Voilà le spectacle qui m'est offert quasi chaque soir, madame Ortiz. J'essaie de vous le décrire le plus précisément possible, avec mes mots, avec mes images, pour que votre ressenti soit le plus proche de celui de votre petite filleule.

Je vous dis bonsoir et vous souhaite le meilleur là où vous êtes, en Europe.

Madame Tu-Whang,
directrice de l'école-orphelinat de Proningyutha

5

Lorsque la Mécanette pénétra dans son garage ce matin-là et descendit dans la fosse pour vérifier l'état des pneumatiques de la voiture d'un client, Gaston Bardoumet, elle fut attirée par le silence inhabituel qui régnait dans le garage. Pas de gazouillis d'oiseaux, pas d'allées et venues d'hirondelles, qui entraient habituellement *via* un trou sous la corniche de la façade avant pour se poser dans l'un des six nids accrochés sur la droite du garage, à six mètres de hauteur au-dessus des deux ponts de réparation.

– Nom de Dieu ! jura la garagiste. Ils n'ont quand même pas bousillé les nids et fait fuir les oiseaux ?

Aussitôt, elle prit une grande échelle, la déploya contre le mur, grimpa tout au-dessus et, à sa grande surprise, arrivée au dernier échelon, constata que non seulement toutes les hirondelles avaient disparu, mais aussi que les six nids avaient carrément été enlevés et démontés !

– C'est un carnage, une destruction massive, hurla la garagiste, à deux doigts de chuter en redescendant trop vite de l'échelle. Comment ces oiseaux vont-ils faire pour revenir, maintenant ? Ça faisait des années qu'ils avaient leurs marques ici, qu'ils avaient trouvé leur maison. Mais on ne va pas en rester là. Je vais porter plainte ! Qui a fait le coup ? Ce n'est quand même pas cette salope de Gaëtane Moltrone ? Elle n'aurait pas osé ? Ou alors elle aurait envoyé des hommes de main ? Des ouvriers municipaux qui seraient venus ici en mon absence ? Et que va dire tout à l'heure ma petite Finette, en rentrant de l'école, elle qui est si attirée par les oiseaux ?

La Mécanette en voulait à la terre entière, et aux hommes en particulier, qui ne respectaient pas les animaux et la nature. Comment pourrait-elle retrouver les auteurs de ce délit ? Elle n'avait aucune preuve, car elle avait toujours refusé d'installer des caméras de surveillance dans son garage. En outre, il n'y avait aucune trace d'effraction, car il arrivait souvent à la Mécanette de ne pas fermer les portes de son garage, la nuit. « Parce qu'il n'y a rien à y voler ! », répétait-elle souvent, sur un ton amusé. Pourtant, cette nuit-là, un ou des inconnus avaient emporté ses hirondelles et leurs nids, auxquels elle tenait tant…

Paola grimpa dans sa vieille Golf V diesel de 2007. Elle fila à toute allure au bureau de police municipale. C'est le brigadier Marc Deslogis qui la reçut, un agent débonnaire et bedonnant, qui attendait plus la fin de carrière que de partir en courant derrière des fauteurs de troubles.

– Que nous vaut le plaisir de votre visite, madame Ortiz ? On vous a volé des voitures qui étaient stockées dans votre garage ? dit le brigadier en se caressant le ventre.

– Pire que cela ! On m'a volé les six nids d'hirondelles qui étaient depuis des années sous le plafond de mon garage. C'est dramatique car, à chaque printemps, ces hirondelles revenaient ici et fondaient un nouveau nid. Elles mettaient au monde des petits, aussi. Maintenant, tout est saccagé, les hirondelles ont disparu, comment vont-elles retrouver un espace approprié ?

Le brigadier Deslogis ne semblait pas vraiment prendre conscience du drame qui venait de se jouer.

– Ce n'est pas grave. Vous en retrouverez d'autres, des hirondelles, au printemps prochain. Il n'y a pas un proverbe qui dit :

« Ils peuvent tuer toutes les hirondelles, ils n'empêcheront pas la venue du printemps » ? Maintenant que j'y pense, madame Ortiz, pour vous détendre un peu, j'ai une bonne blague… Connaissez-vous la différence entre une chaude-pisse et une hirondelle ? Vous ne la connaissez pas, celle-là… Eh bien, la différence entre les deux, c'est qu'on ne peut pas attraper une hirondelle ! Elle est bien bonne, celle-là, n'est-ce pas ? Ah ah ah… J'ai lu cette blague dans un *San-Antonio*, de Frédéric Dard, pendant mes gardes ici au bureau de police…

La Mécanette n'était pas d'humeur à rire et l'humour graveleux du brigadier Deslogis ne la déridait pas vraiment. Elle demanda à remplir un *pro justitia* officiel de plainte contre X pour les six nids démontés. Elle ajouta dans le document qu'elle portait également plainte au nom de la LPO, la Ligue de protection des oiseaux, dont elle était membre et secrétaire de la section locale.

– J'espère que vos services feront un maximum pour retrouver les coupables. Vous savez que la loi ne rigole pas avec ces destructions de nids d'hirondelles ! Priorité à l'environnement.

Face à la colère de la Mécanette, le brigadier Deslogis resta bouche bée et se promit de relire de toute urgence le dispositif de l'article L411-1 du Code de l'environnement, qu'il méconnaissait apparemment : la destruction ou la mutilation de nids ou d'oiseaux est vigoureusement interdite ; quiconque s'adonnerait à ces pratiques serait reconnu légalement coupable. En général, la jurisprudence des tribunaux tendait plutôt vers les 500 euros d'amende avec sursis et une indemnisation de 200 à 300 euros à verser à la Ligue de protection des oiseaux, mais les voleurs d'oiseaux et de nids devaient savoir en tout cas que, tôt ou tard, leur comportement de prédateurs serait sanctionné par les autorités judiciaires et policières.

– Bonne chance, alors, madame Ortiz. On va essayer de retrouver les branquignols qui ont volé vos hirondelles, dit sans trop de conviction le brigadier Deslogis en raccompagnant la plaignante vers le sas d'entrée du commissariat.

– Oui, faites vite pour les identifier car, de mon côté, j'ai déjà ma petite idée sur qui a pu faire le coup…

– Ah bon, vous avez des soupçons ? Mais attention, il faut des preuves, madame Ortiz, il faut des preuves…

– J'en aurai, des preuves, laissez-moi simplement quelques jours, répliqua la Mécanette.

La garagiste repartit au volant de sa vieille Golf, mais ne retourna pas directement chez elle. Elle s'arrêta au bout du village, non loin du pont surplombant la rivière la Caluire, chez son vieil ami le Poupou, celui qui n'avait jamais réussi à gagner une seule course de sa carrière cycliste. Ce dernier était occupé dans son atelier, à l'arrière de sa maison, à rechercher l'origine d'une fuite dans une chambre à air de vélo.

– Fait chier, on a des routes de plus en plus recouvertes de bouts de verre et de clous. Et ils disent privilégier la mobilité douce ! J'ai encore crevé hier en fin de journée. Qu'est-ce qui t'amène ici, la Mécanette ? T'as une tête des mauvais jours…

Paola Ortiz lui dit qu'elle sortait du commissariat de police, mais que l'agent ne lui avait pas semblé très motivé à retrouver les auteurs du carnage.

– Dis, Poupou, toi et le Riton, qui êtes tout le temps fourrés au café et qui laissez traîner vos grandes oreilles, essayez un peu de savoir, l'air de rien, qui aurait pu me voler ces nids. Car celui qui a fait ça doit être un inconscient. J'ai des soupçons envers le maire et son épouse, mais je n'ai pas de preuves à ce stade !

– Le maire Moltrone ? Et sa poulette qui met plus d'argent dans ses permanentes que dans les bonnes œuvres sociales de la commune ? Mécanette, là, tu t'attaques à du haut de gamme ! Tu prends des risques… Tout ça pour tes petits oiseaux. Et tu as pensé à la réputation de ton garage ?

– Je m'en fous complètement, de ma réputation et de celle de mon garage. Par contre, l'honneur, la dignité, ce sont des valeurs fondamentales pour moi. N'oublie pas que je suis la petite-fille de Casimiro Ortiz, un républicain espagnol qui a franchi ces montagnes pyrénéennes au nom de la liberté en 1939 !

Paola se mit alors à raconter l'odyssée incroyable de son grand-père. En 1939, en plein hiver, il gravit ce chemin de l'exil *par* le col d'Arus et arriva péniblement sur le versant français à Pradonas, avec de nombreuses autres familles espagnoles. À l'époque, les villageois leur donnèrent à manger, à boire, de quoi s'habiller. Ils les accueillirent comme des migrants dont ils ne savaient rien, simplement en leur ouvrant leurs portes et leur cœur. C'était ça, l'hospitalité. Le devoir d'hospitalité, même.

– C'est la même hospitalité que j'ai voulu témoigner envers les oiseaux, car ils enchantent notre vie, ils égayent notre printemps, reprit la Mécanette. J'ai accueilli ces hirondelles dans mon garage car elles y donnaient de la vie. Comme les moines du refuge du Grand-Saint-Bernard dans les Alpes qui, en plein hiver 1913, accueillaient déjà des hirondelles en pleine migration.

La garagiste perpétuait la tradition d'accueil, en quelque sorte. Elle promit encore au Poupou qu'elle ne laisserait pas impunie une destruction gratuite de nids d'oiseaux.

– Tu vois, Poupou, en s'en prenant à ces oiseaux, on s'en prend à l'humanité, on s'en prend à l'homme. La brave hirondelle, il lui avait fallu mille vols allers-retours pour construire ce nid en huit jours et le constituer de boue, de paille, de brindilles, d'herbe, de plumes, de radicelles de plantes. Et en dix secondes, des inconscients ont détruit ce que cet oiseau avait mis patiemment une semaine à construire.

– Ben oui, je comprends… Tu es la défenseuse des oiseaux, Mécanette. T'es la Brigitte Bardot des hirondelles. C'est une belle cause. Mais une fois qu'on aura chopé les destructeurs de nids, tu vas te venger ?

– Non, je n'aime pas l'idée de vengeance. Je trouverais plus intelligent de leur imposer des travaux d'intérêt général…

– Ah oui, c'est pas con, ça ! Des travaux d'intérêt général… Nettoyer toutes nos routes pour enlever les clous et les débris de verre qui y sont balancés… Ce n'est pas un travail d'intérêt général prioritaire, ça ?

– Si, Poupou, si… C'est même une très bonne idée, répondit la Mécanette, le sourire aux lèvres, avant de sortir de chez son ami cycliste.

S'il y avait bien un idéal que la Mécanette avait gravé au cœur, c'était d'accueillir les plus faibles de la société, humains comme animaux. Devenues erratiques depuis la disparition des haies et l'usage intensif des pesticides qui avaient réduit considérablement le nombre d'insectes, les hirondelles avaient vu leur population diminuer presque de moitié au cours des trente dernières années. À ce rythme-là, elles allaient toutes disparaître progressivement.

La Mécanette était fière de sa communauté villageoise de Pradonas. Quatre-vingt-quatre ans plus tôt, son grand-père, Casimiro Ortiz, était arrivé à l'âge de dix ans depuis l'Espagne voisine avec sa maman qui venait d'accoucher d'une petite fille. Le père était mort sous les balles franquistes lors des combats de la guerre civile. La maman avait réussi à gravir le col d'Arus en ce mois glacial de février 1939, avant d'être secourue avec son petit bébé et son gamin dans la salle des fêtes de Pradonas, dans la vallée française, avec des dizaines d'autres familles en exil.

Casimiro avait raconté bien plus tard dix fois, cent fois, à son propre fils Esteban puis à sa petite-fille Paola qu'il avait encore en tête les cris d'effroi de sa petite sœur. La maman, qui grelottait de froid, tentait vainement de l'allaiter et pleurait à chaudes larmes. Le nourrisson, affamé, hurlait de plus belle et les sons en devenaient insupportables. La pauvre maman n'avait plus de montée de lait. Des villageois avaient tenté vainement de traire une seconde fois les vaches qui avaient été traites quelques minutes plus tôt, mais les pis étaient totalement asséchés. N'écoutant que son courage et voulant sauver la vie de sa petite sœur, le jeune Casimiro avait emporté le bébé avec lui cette nuit d'hiver 1939, l'avait emmitouflé dans une couverture puis était parti à pied, dans la neige et la nuit, à la recherche d'un pâtre ou d'un berger. Après plusieurs minutes, il avait fini par trouver un troupeau de chèvres rassemblées dans une petite étable en haut du village. L'hiver n'était pas terminé et les chèvres, restées dans la vallée, n'avaient pas encore repris le chemin de la transhumance vers les collines. Le petit Casimiro, du haut de ses dix ans, s'était accroupi sous le bas-ventre de trois, quatre chèvres et, avec des gestes maladroits mais remplis d'affection, il était parvenu à extraire quelques décilitres de lait chaud pour sa petite sœur affamée. Il avait fait glisser le lait de chèvre dans un biberon de verre et la petite avait tété tant et plus le récipient providentiel qu'elle avait fini par s'endormir, rassasiée.

Informée de ces bonnes nouvelles, la maman avait appelé cette nuit « le miracle de Casimiro » et, depuis ce jour-là, la maman Ortiz vouait un culte à son cher Casimiro qui avait sauvé la vie de sa petite sœur…

C'est fière et porteuse de cette filiation et de ce devoir de solidarité que la Mécanette, trois générations plus tard, venait en aide à des migrants africains qui voulaient passer en France. Il lui arrivait d'offrir à certains le gîte et le couvert, clandestinement. De même, elle avait décidé une bonne fois pour toutes de protéger les oiseaux migrateurs qui cherchaient refuge dans son garage…

« Si seulement nous avions le courage des oiseaux,
Qui chantent dans le vent glacé »

Dominique A, *Le Courage des oiseaux*

6

Proningyutha, 13 décembre 2012

Chère Madame Ortiz,

Je vous avais promis de vous donner régulièrement des nouvelles de votre filleule, Myao Kaung. La petite a fêté ses six ans la semaine dernière. À cette occasion, nous avons préparé un bon repas en son honneur avec les fillettes de sa classe. Oh, nous ne disposons pas de grand-chose, aussi faut-il toujours se débrouiller avec les moyens du bord : nous avons acheté des denrées sur le marché local le matin et avons préparé des barquettes d'ananas et de goyaves que l'on appelle ici des malakar. *Nous avons mélangé ces délicieuses goyaves avec d'autres fruits trouvés au marché, des fraises, des framboises, des mangues et des noix de coco. Vous auriez dû voir la petite Myao Kaung, elle a redemandé deux fois ce dessert ! Elle en raffolait, elle qui en est privée chez elle, hélas.*

Je vous l'avais déjà signalé dans un précédent courrier, mais la petite vit très modestement auprès de sa grand-mère, qui ne pourra continuer indéfiniment de s'occuper d'elle le soir et le dimanche, lorsque notre école est fermée. La grand-mère sait de moins en moins se déplacer, handicapée par de vieilles jambes qui la font souffrir. Myao Kaung essaie tant bien que mal de l'aider à préparer le repas, à donner à manger aux cinq poules qu'elles ont dans leur jardin derrière la maison, mais leur vie est rude et précaire.

Je me dois de vous révéler à présent un grand secret sur l'origine familiale de Myao Kaung. Son papa, Htet, vit toujours, mais sa maman, Thuya, est morte en couches, à la naissance de la petite. En fait, la maman était plus intellectuelle, elle venait de la région au sud de Bourras, et avait même fait quelques études d'anglais et de littérature à Haning, notre capitale.

En vacances quelques jours en 2006 au lac Kalun, au centre du pays, Thuya était tombée amoureuse d'un pêcheur local, le fameux Htet, de la tribu des Ostha. Elle devait avoir vingt-et-un ans, lui était un peu plus âgé, trente ou trente-deux ans. Htet n'avait pas son pareil pour pêcher les poissons du lac avec cette technique unique héritée de ses ancêtres et qu'ils se transmettent de génération en génération. Il se tenait droit sur sa pirogue pendant de longues minutes, en équilibre sur une seule jambe, la rame fixée à cette jambe et l'autre bout tenue sous son aisselle. Ses mains, restées libres, servaient à retirer les filets des eaux ou une nasse conique, mais leur but réel était surtout d'impressionner les jeunes femmes comme Thuya et les touristes de passage. Thuya était restée ainsi de longues minutes à admirer au loin la technique de Htet, qui la fascinait.

Le pêcheur était un homme discret et taiseux. On ne peut pas dire qu'il était spécialement beau – je l'ai vu une fois à l'orphelinat –, il avait les dents rouge foncé à force de chiquer toute la journée du bétel, ces feuilles préalablement trempées dans de l'eau, de la chaux, des épices et du tabac.

Mais Htet était un homme bon, généreux. Il rapportait toujours à Thuya des carpes et des poissons colorés provenant du lac. Il avait aussi promis à la jeune fille qu'elle pourrait s'occuper de son jardin et de ses légumes flottants, au bord du lac Kalun. Thuya était venue comme cela deux saisons, avant les pluies et la mousson, pour passer du temps avec ce pêcheur qui la fascinait tant. Elle était passionnée par la nature, par l'écologie, elle voulait développer les activités piscicoles et un tourisme intégré au lac Kalun.

Thuya est ensuite retournée à Haning pour terminer ses études, promettant à Htet qu'elle reviendrait quelques mois plus tard pour l'épouser ! Mais à l'université, Thuya a été poussée avec d'autres étudiants à manifester dans la rue pour réclamer plus de liberté. L'arrivée au pouvoir du nouveau président Annygu Sun Saa Kè avait ouvert beaucoup de perspectives, mais les droits syndicaux des ouvriers et les droits de la femme restaient encore trop peu respectés. Alors, Thuya, qui était très idéaliste et portée par des idées progressistes, a protesté avec plusieurs autres étudiants, mais a été arrêtée avec ses camarades car ces manifestations étaient interdites par le pouvoir.

Elle a été placée en détention, dans une prison pour femmes dont les conditions sanitaires étaient déplorables. Les prisonnières n'avaient droit qu'à une douche par semaine, elles étaient à cinq ou six par cellule, dans une geôle percluse d'humidité. D'autres ex-détenues m'ont raconté que des rats circulaient régulièrement entre chaque lit de prisonnière. Une horreur. Thuya est tombée malade alors qu'elle était enceinte de Htet ! Le brave pêcheur du lac Kalun, de son côté, était sans nouvelles de sa fiancée. Il ignorait qu'elle croupissait dans une geôle de la banlieue de Haning et qu'elle attendait un enfant de lui. Thuya et les autres étudiants n'avaient droit à l'assistance d'aucun avocat. Les mois passèrent et aucun tribunal ne statuait sur leur sort.

La suite de cette histoire est vraiment triste et je suis vraiment désolée, madame Ortiz, de vous fournir ces détails, mais ils vous serviront à mieux comprendre le parcours de cette pauvre orpheline, votre filleule Myao Kaung. La future maman est tombée gravement malade quelques jours avant son accouchement. Elle souffrait de dysenterie à répétition et l'humidité de sa cellule avait engendré une pneumonie. Quand la petite est née, le 7 décembre 2006, Thuya était à bout de forces, il n'y avait aucun médecin pour l'assister. Ce sont deux de ses codétenues, dont une voleuse récidiviste qui servait de sage-femme dans son village, qui l'ont aidée à mettre au monde la petite Myao Kaung. La maman avait tenu à ce qu'on lui donne ce prénom d'hirondelle car, disait-elle, « la maison de ma maman près de Proningyutha est remplie d'hirondelles et ma petite fille volera, légère, comme ces oiseaux du paradis ». Thuya est morte en couches, les deux autres femmes ne sont pas parvenues à lui sauver la vie. C'est terrible. Toute cette histoire m'a été racontée par une des deux codétenues, qui, entre-temps, est sortie de prison.

Pendant ce temps, au lac Kalun, Htet, ignorant tout de cette issue tragique, s'inquiétait de ne plus avoir de nouvelles de sa fiancée. Thuya avait promis de revenir pour la saison de pêche à la fin 2006, mais elle n'était jamais revenue. Plusieurs mois plus tard, alors que Htet sombrait dans la mélancolie et était convaincu que sa fiancée l'avait abandonné, il reçut un courrier officiel du ministère de la Justice lui signalant que Thuya était décédée quelques mois plus tôt. Mais la lettre précisait aussi une nouvelle incroyable : la jeune femme avait mis au monde une petite fille, Myao Kaung, dont Htet était obligatoirement le père ! Thuya n'avait eu aucune relation avec un autre homme. Le directeur de la prison attestait que, avant de mourir, Thuya avait émis la volonté expresse que la petite soit remise à son père. Car la grand-mère maternelle, vivant dans sa maison ouverte aux oiseaux, avait déjà une santé déclinante.

Un matin, après avoir enfilé son beau costume qu'il ne sortait jamais de son armoire, Htet a enfourché une mobylette et s'en rendu chez la grand-mère afin de découvrir l'enfant. Son enfant ! En chemin, lui qui était très pieux, voire superstitieux, a cependant tenu à aller consulter un astrologue – il croyait beaucoup à la symbolique et à l'alignement des astres. Il voulait se convaincre que, même sans maman, la petite pourrait connaître une belle vie. Le problème est que l'astrologue, qui n'avait rien d'un charlatan pourtant, aligna les cartes et devint tout pâle au moment d'exprimer ses conclusions au pêcheur : il lui dit que la petite Myao Kaung était née sous un mauvais jour et que, femme-oiseau, elle préférerait le ciel à l'eau et ne pourrait jamais être apprivoisée par un pêcheur. Htet prit peur en entendant cette révélation. Il rendit visite à sa belle-mère pour découvrir le bébé, mais ne s'attarda que quelques minutes à peine. Il redémarra sa mobylette sans l'enfant, convaincu que la présence de la fillette sous son toit ne lui attirerait que des malheurs.

C'est une bien triste histoire, j'en conviens. Nous ne pouvons en vouloir à Htet, un homme simple et primaire qui, tombé dans une grave dépression en apprenant le décès de sa fiancée et imprégné de la religion à laquelle il était très attaché, s'est mis en tête qu'il ne pourrait jamais s'occuper efficacement de l'éducation de sa fille. En six ans, j'ai vu une seule fois Htet à notre orphelinat, le jour où il a dû remplir et signer tous les documents administratifs concernant sa fille. Mais il est reparti comme il est venu, sans reprendre l'enfant avec lui. Aujourd'hui, Htet est toujours pêcheur au lac Kalun, j'hésite à rentrer en contact avec lui pour lui donner des nouvelles de sa fille ; je crois que cela le stresse plus qu'autre chose après ce qu'il a entendu des prédictions du mage-astrologue. Nous faisons le maximum pour éduquer au mieux Myao Kaung et j'espère secrètement, madame Ortiz, que vous, sa marraine en Europe, pourrez un jour vous investir encore davantage dans l'encadrement de cette enfant du Chenmyr.

Je vous salue respectueusement et espère ne pas vous avoir trop heurtée avec ces informations concernant le passé de Myao Kaung qui est très lourd, j'en conviens.

Madame Tu-Whang,
directrice de l'orphelinat de Proningyutha

7

Lorsque Finette était rentrée cet après-midi-là après l'école, elle était venue saluer sa maman dans le garage et, très vite, avait remarqué la disparition de plusieurs nids en haut des murs.

– Qu'est-ce qui s'est passé, maman ? Pourquoi on a enlevé ces nids ? Et qu'est-ce qu'elles vont devenir, mes hirondelles, sans toit, sans maison ?

La petite se mit à pleurer et courut se réfugier dans les bras de sa mère. La Mécanette, en salopette, les mains noires de graisse et de cambouis, serra sa fille tout contre elle, sans craindre de salir les vêtements de l'enfant. Car que vaut-il mieux salir ? Des vêtements qui récupéreront leur propreté après un passage en machine ? Ou une âme qui, elle, retrouvera difficilement sa blancheur, ses illusions et son innocence ?

– Tu sais, dans la vie, Finette, il y a toujours des gens qui sont dérangés par la liberté des autres. Pourquoi ils s'en sont pris à ces gentilles hirondelles ? Sûrement parce qu'elles les dérangeaient par leurs allées et venues. Peut-être parce que, un jour, un oiseau a laissé tomber une fiente, un excrément, sur le vêtement d'une dame pour qui le paraître a plus d'importance que l'être. Tu ne comprends pas mon langage, ma chérie ? En fait, je t'explique plus simplement : il y a des personnes qui s'intéressent davantage à leur apparence, au fait d'être toujours bien habillées, bien maquillées, qu'aux autres personnes, aux gens dans le besoin et la misère, aux animaux qui ont besoin aussi d'un logis, de chaleur et de nourriture.

– Tu veux dire, maman, qu'il y a des adultes qui ne supportent pas qu'on dérange un peu leurs petites habitudes, leur confort ?

– C'est parfaitement ça, ma Finette ! Tu as tout compris. Ces adultes – heureusement tous ne sont pas comme cela – ne supportent pas grand-chose. Comme tu dis, ils n'acceptent pas qu'on rogne un peu sur leur espace de liberté. Nos hirondelles, elles représentent la liberté, le vent, la vie. Mais je te le garantis, Finette, ces adultes qui ont arraché ces nids et fait fuir nos hirondelles, on va les retrouver et ils seront punis pour ce qu'ils ont fait ! Je te le promets.

Rassurée, la petite offrit un grand bisou sonore à sa maman puis se retira dans le corps de logis accolé au garage. Finette avait quelques devoirs à finir pour l'école, notamment des leçons de géométrie sur les cônes et les losanges qui lui parlaient en langage étrange ; elle demanderait, le soir, à sa maman, de lui expliquer les grandes règles.

Quelques minutes plus tard, deux clients, des habitués, se présentèrent. Le Poupou et le Riton, duo inséparable pour les occasions les plus bancales, comme les cancans et les libations au bistrot, mais aussi tandem de redoutables justiciers à la Dupond et Dupont pour les bonnes causes, comme mener l'enquête pour démasquer les voleurs d'hirondelles, entrèrent dans le garage.

– Salut, la Mécanette ! On a peut-être une solide piste pour retrouver tes nids d'hirondelles, fit le Poupou, l'aîné. Mais ça nous a pris du temps et c'était risqué d'en savoir plus… De tels services devraient être monnayés, non ? Qu'en penses-tu ? Soit tu me fais gratuit le prochain graissage-vidange de ma carlingue, ma vieille Opel, soit… le Riton et moi, c'est même mieux… On a envie de se faire graisser nos propres ustensiles, tu nous comprends, Mécanette… et on pourrait s'allonger tous les trois sur le matelas derrière ton bureau, là-bas, histoire que tu huiles bien nos moteurs à vibration, hein Riton ?

Le Poupou et son comparse se mirent à rire bruyamment.

– Hé, les fadas ! Vous avez encore picolé ou quoi ? C'est pas marqué « pute » sur mon front, mettez-vous bien ça dans votre caboche ! C'est Toto-la-dépanne, ici, pas Toto-la-partouze. Mais vous me prenez pour qui ? Pour la mère Teresa du sexe ? Ça ne tourne pas tout rond dans votre tête, les deux lascars ! Si vous voulez du sexe tarifé, allez dans une maison derrière la gare de Perpignan, ou plutôt, allez voir la femme de notre maire, tiens, elle se fera un plaisir de vous astiquer la zigounette. Mais un bon conseil, évitez de salir madame Moltrone avec vos grosses paluches de poivrots.

– Oh désolé, la Mécanette, fit le Riton, le plus petit des deux, qui semblait avoir forcé un peu sur le pastis à midi. Ne te fâche pas. On voulait te faire du bien et passer un bon moment à trois, avec toi. Voilà tout. Tu sais, nous trois, on est des déshérités de l'amour. Nous, à la maison, y a personne qui nous attend. Personne qui nous aime. Toi, tu as au moins ta Finette, que tu as été chercher bien loin, à l'autre bout du monde. Mais au moins, tu as ta fille. Nous, moi et le Poupou, on n'a personne. Personne. Juste mon chat, Donaldtrompe, qui miaule tout le temps comme s'il tweetait toute la journée. Tu comprends, Mécanette, on essaie de trouver de l'affection là où l'on peut…

– Ce ne sera pas chez moi, en tout cas, l'affection ! lui répliqua sèchement la Mécanette. Alors, les brigades du Tigre, dites-moi quand même ce que votre enquête de fins limiers et vos planques au café de la Frontière vous ont fourni comme renseignements pour retrouver mes voleurs.

– Bon, on sait des choses, mais tu nous promets que ça reste pour l'instant entre nous, hein Mécanette ? fit le Poupou. Car après, si c'est nous qui avons des emmerdes, ce ne serait pas juste. On n'a rien demandé, nous. On veut simplement continuer à vivre notre vie peinards, au bistrot, à toucher nos allocations de chômage, à pêcher nos truites et nos carpes dans la Caluire, et à nous balader tranquilles à vélo, c'est tout.

– Allez, accouche ! dit la Mécanette, impatiente.

Le Poupou parla alors à voix basse, comme dans un confessionnal, comme pour donner plus de solennité à ses révélations.

– Ce n'est pas la femme du maire, ni le maire, d'ailleurs, qui ont fait le coup.

– C'est qui, alors ?

– Des petits jeunes. Des petits cons. Je le sais par le Jeannot Martins, l'ancien garde forestier qui vient toujours prendre son apéro avec nous au café de la Frontière. Je lui ai offert deux pastis, et même trois car le Jeannot ne voulait pas parler au début. Puis, il a fini par nous dire que le fils d'un de ses voisins, les Pasquet – tu sais, de la ferme Pasquet –, avait parlé l'autre jour de « saloperies d'hirondelles qui défèquent partout et ne créent que des emmerdes ». Le fils Pasquet s'était vanté qu'avec quelques-uns de ses amis ils menaient la chasse aux hirondelles dans Pradonas et aux alentours, avec des lance-pierres, avec des filets et des pièges, et qu'ils grimpaient aussi jusqu'aux nids pour arracher ceux-ci et les balancer dans le torrent. Voilà ce qu'on sait, Mécanette, mais ça me semble du sérieux, fit le Poupou, qui s'épongeait le front tellement il suait à grosses gouttes en apportant son témoignage de première main.

La Mécanette les remercia chaleureusement. Leurs révélations ne semblaient pas farfelues. Des mineurs avaient pu avoir l'idée stupide de s'en prendre à ces oiseaux sans défense. Mais le problème est que si l'on parvenait à identifier ces jeunes auteurs, ils ne seraient pas condamnés par une juridiction d'adultes, tout au plus un juge de la jeunesse leur passerait-il un fameux savon puis les remettrait-il aussitôt en liberté. Pour de tels délits, on ne plaçait pas les jeunes dans des EPM, des établissements pénitentiaires pour mineurs.

– Je vous remonterai vos pneus hiver gratuitement dès que vous reviendrez ! lança la Mécanette, heureuse de pouvoir compter sur de fidèles lieutenants, plus efficaces que le brigadier Deslogis dont elle attendait toujours les premiers rapports d'enquête…

Mais la garagiste n'en avait pas encore totalement terminé avec le Poupou et le Riton. Elle leur dit, d'un ton ferme :

– Mes lascars, retenez encore une chose : je ne veux plus jamais entendre devant moi de propos déplacés à l'égard des femmes ! Je ne suis pas votre chose. Si vous cherchez l'âme sœur et désirez vous sentir moins seuls, apprenez d'abord à respecter les femmes et à vous respecter vous-mêmes.

« L'hirondelle, le jouet préféré du vent. »

Jules Renard

8

Pradonas, 24 janvier 2013

Chère Madame Tu-Whang,

Je ne vous remercierai jamais assez de me fournir régulièrement des nouvelles de ma petite filleule, Myao Kaung. Chaque fois, vos courriers ou vos mails sont un ravissement pour moi. Cela me touche beaucoup quand vous m'expliquez que la petite est sensible aux photos que je lui transmets par votre intermédiaire, ainsi qu'à ma petite vidéo. Vous me dites que Myao Kaung a aussi beaucoup apprécié les petites poupées en chiffon que j'ai confectionnées ici, en France, pour elle et ses copines. Je suis heureuse que mon envoi par avion vous soit bien parvenu. Je suis vos conseils au mieux, madame Tu-Whang, en multipliant le partage de photos, de vidéos, qui doivent me rapprocher au maximum de l'enfant et lui rendre mon visage proche et familier. Comme convenu, j'appellerai par téléphone la semaine prochaine, en tenant compte du décalage horaire, bien sûr, et je dirai quelques mots à Myao Kaung, sans doute en anglais. Je ne sais pas ce qu'elle comprendra, mais elle pourra ainsi s'habituer petit à petit à ma voix. Je compte bien aussi essayer le contact via Skype, ce qui permettrait à la petite de me voir en direct et de converser avec moi.

Je vous confirme officiellement avoir entamé une procédure d'adoption. J'ai bien conscience que celle-ci va s'avérer longue et complexe. Et coûteuse, aussi, puisque vous m'avez dit que, au total, tous ces frais de procédure me reviendraient à 20 000 € environ. Mais j'y arriverai. Je n'ai pas grande fortune, je vis modestement, mais j'ai pu placer en France sur un compte bancaire la plus grosse partie de l'héritage de mes parents espagnols, Esteban et Manuela Ortiz. Cet argent servira à adopter Myao Kaung. Depuis mon adhésion à votre projet, je verse chaque mois 30 € à votre institution.

Vous me dites que je figure sur une liste d'attente prioritaire parce que la petite Myao Kaung a déjà un peu plus de six ans et qu'il n'est pas bon d'attendre trop pour une adoption réussie. De plus, le grand âge et les problèmes de santé de sa grand-mère, le seul membre de sa famille encore apte à s'occuper d'elle en dehors du milieu scolaire, rendent encore plus précaire la poursuite de sa vie au Chenmyr ; il faut donc une solution, à moyen terme, plus stable pour l'enfant. Je lis beaucoup les journaux. Je suis l'actualité de près sur Internet. Je me suis renseignée et j'ai appris que le Chenmyr compte bientôt ratifier la Convention de La Haye de 1993 sur la protection des enfants et la coopération en matière d'adoption internationale. Cela facilitera enfin les procédures d'adoption. L'ancienne junte militaire a de moins en moins de pouvoir et des associations en France m'ont expliqué, si j'ai bien compris, que le parti démocratique, l'Alliance démocratique nationale, veut voter une série de réformes, dont l'adhésion à cette Convention de La Haye qui vous donnerait une reconnaissance internationale.

J'espère de tout cœur que tout cela pourra se concrétiser au cours des prochains mois.

J'ai en tout cas introduit mes premières demandes ici, auprès du Conseil général de notre département. Si la procédure d'adoption d'un enfant est enfin autorisée au départ de votre pays, une commission d'agrément pourra envoyer des inspectrices chez moi pour vérifier mes motivations de parent, examiner les conditions d'accueil, la propreté de ma maison, son environnement. Bref, s'assurer que l'enfant adopté qui arriverait ici trouverait le cadre idéal à un bon équilibre psychologique et familial. Je ferai tout pour que ce projet le plus important de ma vie aboutisse. Je ferai tout pour rendre heureuse cette petite fille.

Nous nous tenons au courant de la suite des événements, chère madame Tu-Whang. Continuez à bien vous occuper de ma petite Myao Kaung, vous et vos institutrices, comme vous le faites déjà si bien !

Paola Ortiz

9

L'entraînement de football s'était terminé au Sporting Club de Pradonas. Les joueurs de la catégorie cadets, âgés de onze et douze ans, aidaient leur coach à ranger dans les vestiaires les ballons, les filets, tout le matériel ayant servi à leur match quelques minutes plus tôt. Après une douche bien méritée, ils se dirent au revoir et, par groupes, quittèrent petit à petit le stade. Il faisait nuit noire. Seul l'un des pylônes électriques était resté allumé quelques minutes, afin d'éclairer le chemin aux enfants qui repartaient à pied le long de la grand-route puis de la rivière.

Kevin Pasquet, Jérémy da Silva et Guillermo Cortes, trois amis inséparables, étaient sortis parmi les derniers. Ils portaient nonchalamment leur sac de sport sur les épaules et prenaient tout leur temps pour regagner leur quartier, à l'autre bout du village, à plus d'un kilomètre de là. Kevin Pasquet, qui avait onze ans mais en paraissait quinze, aimait jouer au caïd devant les autres. Il sortit un paquet de cigarettes et alluma « une clope », comme il disait, car il avait lu dans un magazine que même certaines grandes stars de foot, comme Marco Verratti, le joueur médian du PSG, n'hésitaient pas à fumer après un entraînement, ce qui ne gênait en rien la suite de leur carrière.

Après avoir marché trois cents mètres environ et avoir passé le moulin des Graviers, les trois jeunes footballeurs se retrouvèrent loin de toute habitation, dans une sorte de no man's land où, c'était connu, peu d'habitants du village osaient s'aventurer le soir, de peur de faire une mauvaise rencontre.

C'est Jérémy da Silva, le plus petit, avec ses cheveux d'ébène, qui prit peur en premier :

– Les gars, j'ai l'impression qu'on est suivis. Ne vous retournez pas, mais depuis qu'on a quitté le stade, il y a une bagnole qui nous suit à vingt mètres, phares éteints. Franchement, j'aime pas ça.

– T'es vraiment une femmelette, da Silva ! Chaque fois, t'as les chocottes pour rien, lui répondit Kevin Pasquet, visiblement excédé. Déjà l'autre jour, t'as failli tout foutre en l'air dans le garage de l'autre folle quand on est venus enlever ses oiseaux de malheur. Je t'avais dit de faire le guet pendant que Guillermo m'éclairait avec sa lampe torche et que je grimpais à l'échelle pour piquer les nids. Mais tu te rappelles, da Silva ? À un moment, une voiture a fait mine de s'arrêter devant le garage et t'as pas été foutu de nous prévenir. T'es vraiment un gros naze, mon gars. D'ailleurs je ne sais pas si je vais te conserver dans mon groupe. Toi aussi, Guillermo, tu penses que da Silva n'est qu'une poule mouillée ?

Le troisième larron, Guillermo Cortes, ne répondit pas immédiatement. Il ne cessait lui aussi de se retourner et, dans la pénombre à peine éclairée par une demi-lune, il apercevait une voiture qui roulait à pas d'homme et les suivait manifestement.

– Kevin, Jérémy a raison, mon Dieu ! Je te jure qu'il y a des mecs qui nous suivent de près. Mon père a passé un film policier l'autre jour à la maison et des gros casseurs à la tête rasée prenaient comme ça en filature deux ados puis sortaient de leur voiture et venaient leur exploser la tête ! Je crois qu'on devrait accélérer et rentrer vite fait chez nous…

– Putain, les gars, vous faites chier ! Vous craignez quoi, au juste ? Je vous parie que c'est un mec qui est en train de se balader dans sa bagnole toute pourrie et qui baratine sa meuf à côté de lui.

Kevin Pasquet continuait à jouer au fanfaron.

Soudain, la voiture accéléra brusquement, et braqua ses phares sur eux. Les trois jeunes, cette fois pris de panique, s'enfuirent à toute allure, mais la voiture allait beaucoup trop vite et les rattrapait dangereusement. Jérémy, à bout de souffle et submergé d'effroi, s'arrêta le premier. Suivi tout de suite par Guillermo et Kevin, qui avait fini par jeter sa cigarette pour courir plus vite. Noyés sous les phares du véhicule menaçant qui était sur le point de les écraser, les trois adolescents mirent spontanément un genou à terre et levèrent les bras au ciel.

– Ne nous faites pas de mal ! implora Kevin Pasquet. On ne sait pas qui vous êtes, mais on ne vous a rien fait. Laissez-nous rentrer chez nous.

Comme dans un film, deux individus cagoulés sortirent de la voiture, les feux toujours allumés en direction du trio aveuglé, un genou encore au sol. Les deux inconnus étaient armés de barres de fer et s'approchèrent des trois voleurs d'hirondelles. Les voyant arriver à sa hauteur, Jérémy da Silva se mit à uriner sur lui tant sa mort lui semblait proche. Kevin Pasquet ne disait plus rien, mais se promettait d'arracher la cagoule de ses agresseurs dès qu'il en aurait l'occasion.

L'un des deux cagoulés, le plus grand, leur dit simplement ceci :

– Vous êtes trois vauriens. Nous savons que vous vous en prenez aux animaux. Vous avez arraché plusieurs nids et fait s'enfuir des hirondelles l'autre soir, au garage de la Mécanette. C'est pas bien, ça…

En prononçant ces mots, il tapotait la paume de sa main de sa barre de fer…

– C'est pas nous, m'sieur. Je vous jure, c'est pas nous ! D'ailleurs, ce soir-là, j'étais chez Guillermo en train de jouer à la console, hein Guillermo ?

Kevin Pasquet avait retrouvé de sa superbe et bluffait pour donner le change.

– Ta gueule, petit morveux de Pasquet. Épargne-nous ton boniment, fit le grand encagoulé. Je vais vous dire une seule chose, à toi et aux deux autres pieds nickelés. On a des témoins qui vous ont vus enlever ces oiseaux. C'est un délit très grave, sanctionné par la loi. On est à deux doigts d'aller vous dénoncer à la police et à vos parents. Cela ne va pas leur faire plaisir d'apprendre tout cela et vous devrez rendre des comptes à la justice. Embêtant, à onze ans, de déjà démarrer d'un mauvais pied dans la vie, vous ne trouvez pas ? Mais on va vous donner une chance, une seule, d'échapper à tout cela…

Le deuxième individu cagoulé, qui tenait lui aussi fermement une barre de fer, prit alors une grosse voix et dit aux trois enfants, en roulant les « r » comme un Italien :

– Venez demain à 17 heures exactement au garage Toto-la-dépanne. Ne dites rien à vos parents. Rien à la police. Si vous faites exactement comme on vous dit, il ne vous arrivera rien de fâcheux et vous n'aurez aucun ennui avec la police et les juges. Mais tout cela, c'est à une condition seulement : que vous veniez demain tous les trois à 17 heures précises au garage de la Mécanette. C'est O.K. ?

Kevin Pasquet, qui était le chef de la bande, sembla hésiter trois secondes, puis dit tout haut :

– Est-ce qu'on a un autre choix ? Non apparemment. Mais je n'aime pas votre chantage car vos oisillons, nous, on s'en tape, on n'a rien à voir avec ça.

– Arrête tes conneries, Kevin, fit à son tour Jérémy, le plus petit et sans doute le plus honnête du trio. Tu sais très bien ce qui s'est passé au garage l'autre jour. Tu ne supportais plus les fientes d'hirondelles et tu as dit que tu voulais faire un sale coup à la Mécanette qui emmerdait tout le village avec ses oiseaux. C'est pas vrai, ce que je dis ?

– Oui, ça va, ça va. Fait chier… O.K., on sera demain à 17 heures à votre rendez-vous. Mais pas de piège ou de coup bas, hein. On le joue à la loyale ! ajouta Kevin Pasquet, la tête basse.

– Ne craignez rien. Si vous venez au rendez-vous comme on vous le demande, tout se passera sans incident. Vous pouvez rentrer chez vous, maintenant.

Les trois jeunes footballeurs, encore paniqués par ce qu'ils venaient de vivre, s'enfuirent à toute allure et regagnèrent bien vite leur domicile. Ils ne dirent pas un mot à leurs parents, à l'exception de deux ou trois banalités sur l'entraînement de foot, se cloîtrèrent rapidement dans leur chambre et gardèrent entier le secret de la rencontre du soir qui les avait terrorisés.

Quelques minutes plus tard, en sortant de sa vieille Opel, le Poupou enleva sa cagoule et invita son comparse Riton à venir prendre un pot chez lui.

– Qu'est-ce qu'on a eu chaud avec ces cagoules ! Et toi, Riton, t'es vraiment trop con. Qu'est-ce qui t'a pris de parler avec une voix grave de rital, comme si t'étais un parrain de la Camorra ? Tu voulais te donner un genre à faire peur à ces gamins de merde ou quoi ? T'aurais vraiment pu te faire repérer avec ton accent ridicule…

Le Riton tomba à son tour le masque et rit à gorge déployée dans la cuisine du Poupou.

– C'était génial, cette expédition punitive uniquement pour leur foutre la trouille ! T'as vu comme ils ont eu la pétoche, ces trois gringalets. La Mécanette nous a dit que sous aucun prétexte nous ne devions lever la main sur eux. Tout au plus leur faire très peur et les convoquer au garage. Bon, on a un peu dramatisé le scénario en sortant les barres de fer ! Puis en faisant mine de les utiliser sur eux.

Mais ça a marché au-delà de nos espérances. Oui, je sais, mon accent italien, c'était pas terrible. J'ai improvisé ça parce que j'ai revu récemment *Le Parrain,* avec Al Pacino. Je voulais les impressionner. Oh, Poupou, sers-moi encore un verre de gnôle. Avec des sorties comme ça, je me sens l'âme d'un justicier, c'est vraiment le grand soir !

« Une hirondelle assommée est une hirondelle à ranimer, point final. »

Daniel Pennac, *Chagrin d'école*

10

Proningyutha, 26 janvier 2013

Chère Madame Ortiz,

Vous serez heureuse d'apprendre que Myao Kaung a fêté le passage à la nouvelle année avec nous ; nous avons même été chercher sa grand-mère pour ne pas la laisser seule chez elle. Ensemble, elles ont participé à des petits jeux de société en notre compagnie et ont envoyé en direction du ciel des ballons que nous avions gonflés symboliquement pour le Nouvel An ! Si vous aviez pu voir comme elles riaient…

Ces très beaux instants partagés ont apaisé la grand-mère de Myao Kaung, qui a vu à quel point sa petite-fille était bien accueillie dans notre orphelinat. Mais le cœur déjà bien fragile de cette dame âgée n'a sans doute pas supporté une telle émotion, même positive, puisque, deux jours plus tard, elle a été retrouvée morte dans son lit. Elle n'a pas souffert, et s'est endormie avec une dernière image en tête, celle de sa chère petite Myao Kaung lâchant avec elle des ballons dans le ciel. À présent, c'est l'âme de cette grand-mère qui vole tout là-haut, au-dessus des ballons.

Comme la petite n'a désormais plus de famille pour l'héberger le soir, nous avons décidé de la recueillir exceptionnellement dans notre association : elle y vit désormais jour et nuit. Mais votre proposition d'adoption, chère madame Ortiz, ne pouvait mieux tomber… Je me réjouis de lire que vous avez l'intention de lui offrir un cadre de vie, de l'affection et une certaine sécurité dans votre maison en Europe. C'est formidable ! Notre pays, c'est vrai, est enfin en passe cette année d'adhérer à la Convention de La Haye et d'autoriser les procédures d'adoption, comme le Vietnam ou la Thaïlande.

Je me permets cependant, madame Ortiz, et c'est mon devoir, de vous poser trois questions directes. Le fait d'être mère célibataire, sans mari ni compagnon, ne risque-t-il pas, dans votre pays, de vous faire passer bien après les couples qui ont formulé des demandes d'adoption ? Je voulais aussi vous demander comment vous comptiez vous organiser dans votre activité de garagiste pour garder l'enfant, les jours où vous serez occupée à votre travail. Et enfin, mon équipe d'éducatrices et moi-même aimerions savoir ce que vous direz à votre enfant quand elle vous interrogera sur l'absence d'un père à la maison, puisque vous me dites être célibataire.

J'espère ne pas vous troubler avec toutes ces questions, peut-être indélicates, mais il nous paraît nécessaire et utile, pour nous qui nous occupons quotidiennement de Myao Kaung, d'être certaines qu'elle trouvera le confort et le bonheur quand elle aura intégré votre maison en France, ce dont nous ne doutons point.

Je vous envoie mon bonjour le plus cordial depuis le Chenmyr, chère madame Ortiz.

Madame Tu-Whang,
directrice de l'orphelinat de Proningyutha

*

Pradonas, 27 janvier 2013

Chère Madame Tu-Whang,

Je vous réponds immédiatement ; quelle facilité, le mail ! Je peux totalement vous rassurer. Le fait d'être une maman vivant seule ne sera pas un handicap pour moi. Environ 10 % des parents qui se lancent dans une procédure d'adoption chez nous sont des parents célibataires. Le critère obligatoire est d'avoir au minimum vingt-huit ans, mais j'en ai déjà 41 et mon âge est plutôt facteur de maturité et de stabilité. Le fait de vivre seule ici sera au contraire pour moi un élément positif car cela prouvera à la commission d'agrément, qui devra me donner son feu vert, que je me consacrerai entièrement à l'éducation et à l'encadrement de mon enfant.

Certes, la journée, je serai prise par mon travail au garage, mais la petite sera scolarisée et ne reviendra à la maison qu'en fin d'après-midi. Pendant les vacances scolaires, elle ne sera pas livrée à elle-même : je compte bien la faire participer à un maximum de stages éducatifs axés sur la nature puisque Myao Kaung semble être très attirée par la campagne, les oiseaux et l'environnement. Les jours où je ne serai pas disponible, je veillerai aussi à ce qu'elle puisse passer des après-midi dans la maison de ses petites camarades en France, ce qui sera indéniablement un facteur d'intégration sociale.

J'espère avoir répondu à vos interrogations, madame Tu-Whang, et je souhaite que tout se passe au mieux avec ces enfants orphelins à qui vous offrez tant d'amour et de générosité ! Merci pour vos bons soins, en particulier pour Myao Kaung. J'ai été très émue d'apprendre le décès de sa grand-mère. Mais vous lui avez offert un cadeau magique avant son départ en lançant ces ballons colorés dans l'azur. Je vous assure que je vais faire le maximum pour pouvoir rencontrer au plus vite la petite, chez vous, à l'association Nay Nae Pyuannay Saï, puis la ramener en France.

Paola Ortiz

11

Cet après-midi-là, dès 16 h 30, la Mécanette apposa un grand panneau sur la porte d'entrée du garage avec cette mention en majuscules : « Le garage sera exceptionnellement fermé ce jour dès 17 heures ». Tant pis pour les clients qui passaient à l'improviste en fin de journée pour remplacer un fusible, régler un carburateur, changer un pneu, placer un nouveau feu arrière, tailler une bavette, jouer la grille du loto avec la garagiste, nettoyer un plan de joint de culasse ou faire débloquer l'enrouleur de la ceinture de sécurité de leur vieille Citroën utilitaire C 15 qui restait obstinément coincé. Le garage Toto-la-dépanne vivotait par ces menus travaux que la Mécanette réglait en deux temps trois mouvements. C'était bien plus efficace que de prendre un rendez-vous trois semaines à l'avance au grand garage des frères Colmant ou dans les immenses vaisseaux des grosses marques de concessionnaires. La souplesse, l'efficacité et les tarifs bon marché de Toto-la-dépanne étaient ses meilleurs arguments commerciaux.

À 16 h 50, il y eut bien le gros Marcel Pertoza, un chauffeur retraité, qui passa avec sa camionnette car l'un de ses pneus était dégonflé, mais la Mécanette lui proposa de revenir le lendemain matin, dès 8 heures car, pour le moment, elle avait « une importante affaire à régler ». Marcel Pertoza, curieux de nature, se serait bien attardé pour savoir ce que la Mécanette avait de si vital à mener en cette fin de journée, mais le ton empressé de la quadragénaire lui fit comprendre qu'il n'avait pas intérêt à traîner dans les parages.

À 17 heures tapantes, trois petits bonshommes, à peine plus grands que la Finette, arrivèrent à pied devant le garage, l'air soucieux et embarrassé. Le premier du groupe, Kevin Pasquet, portait sa casquette à l'envers, un sweat à capuche noir et un pantalon de jogging. Sur son dos étaient inscrits quatre mots en anglais : « *The hate u give* ». Le petit da Silva lui avait demandé ce que cela signifiait.

– T'es trop nul pour comprendre. « *The hate u give* », ça veut dire « la haine qu'on donne », ça veut dire qu'on est rebelles, on a la rage, on ne veut pas de cette société de merde ! lui avait répliqué aussi sec le chef de la bande.

Jérémy da Silva portait aussi une casquette à l'envers. Quant au troisième, Guillermo Cortes, il avait cru intelligent de s'affubler d'une paire de lunettes de soleil pour ne pas être reconnu. Le problème est que, cet après-midi, tout le ciel se déchirait en pluies continues qui venaient se fracasser sur la vallée et, avec sa paire de lunettes Ray-Ban, le jeune Cortes attirait plus l'attention qu'autre chose dans la rue qui menait au garage.

La Mécanette les fit entrer tous les trois dans l'atelier et fit coulisser aussitôt le grand volet métallique qui barrait l'entrée du garage. Ils étaient bel et bien prisonniers à l'intérieur. À leur grande surprise, les trois jeunes voleurs d'hirondelles découvrirent que Paola Ortiz n'était pas seule dans ce lieu enfiévré d'odeurs de cambouis. À ses côtés attendaient la Finette, sa fille, mais aussi deux gars du village, des désœuvrés souvent bitus que Kevin Pasquet avait croisés quelques fois à la sortie du café de la Frontière, le Poupou et le Riton ! Kevin eut la très désagréable impression que c'étaient ces deux bons à rien qui les avaient suivis de près en voiture, la veille au soir. Il se mit à transpirer très fort. Jérémy da Silva, complètement terrorisé, gardait la tête basse et était convaincu qu'on allait les tabasser ou les enfoncer dans une fosse à huile.

– D'abord, c'est bien que vous soyez venus ! fit la Mécanette pour détendre l'atmosphère. Cela prouve que, malgré les idioties que vous commettez, vous avez quand même du cran et ne vous défilez pas. Mais mes compliments s'arrêtent là. Car pour le reste, pour avoir arraché l'autre jour ces nids d'hirondelles et avoir dispersé ces oiseaux, je peux vous dire que vous êtes trois petits criminels. C'est ignoble, ce que vous avez fait. Pourquoi ? Parce que depuis des années, ces familles d'hirondelles qui revenaient de migration du Maroc et du Sahara au printemps retrouvaient toujours leurs marques ici, à Pradonas, au pied des Pyrénées. Ces nids étaient en quelque sorte leur maison. Vous savez qu'à cause de la disparition des haies et de l'usage intensif des pesticides la population d'hirondelles a chuté de 50 % en trente ans dans la région. Et vous trois, pour perpétrer le casse du siècle et jouer à Spiderman qui grimpe en haut de l'échelle, vous détruisez les nids et saccagez les maisons que ces oiseaux ont mis des dizaines d'heures à construire. C'est criminel !

Elle avait hurlé, visiblement très fâchée.

– Oui, c'est criminel. Crapuleux même, répéta bêtement le Poupou, d'une voix encore plus forte.

Kevin Pasquet, qui n'était pas si bête, reconnut aussitôt la voix de son agresseur du soir…

– J'espère que vous avez pris conscience de votre bêtise. Mais je n'ai pas envie de dénoncer vos noms à la police ni que des juges vous embarquent dans des institutions de protection de la jeunesse, même si vous le mériteriez. J'ai trouvé plus intelligent et pédagogique de vous contraindre à une réparation, dit la Mécanette, soudainement mystérieuse.

– Qu'est-ce que vous voulez de nous ? Réparer quelque chose ? Mais on n'a pas de sous, madame. Et vos nids, on les a soit cassés soit balancés dans la rivière, on ne saura pas les réparer, madame…

Kevin Pasquet prenait un air de repenti, mais son ton sonnait faux.

– Je ne parle pas de cette forme de réparation-là. Je parle d'une réparation consistant à replacer de nouveaux nids, des artificiels, à la place de ceux que vous avez détruits. Et c'est vous trois qui allez réaliser ce travail devant nous, maintenant, et rien que vous trois…

La Mécanette jubilait intérieurement. Kevin, Jérémy et Guillermo, qui n'en menaient pas large, furent contraints de grimper tour à tour en haut de l'échelle pour fixer des nids à quatre mètres de hauteur, contre le mur, avec un marteau et des clous. Ces nids artificiels étaient constitués de plâtre ou à partir de terre de potier. La Mécanette leur donna ensuite des planchettes et un plateau en bois d'environ quarante centimètres de large, qu'ils durent installer un bon demi-mètre en dessous des nids, pour éviter que les fientes d'hirondelles tombent de plus haut.

– Hé hé, la femme du maire ne pourra plus se plaindre qu'elle reçoit des excréments sur son imper quand elle vient chez toi ! commenta le Riton en riant.

– Non, Guillermo, tu places la planchette beaucoup trop près du nid ! Descends-la plus bas, au moins à cinquante centimètres car, si ta planche est trop proche du nid, elle risque de servir de perchoir à une pie qui serait très tentée de foncer sur les oisillons pour qu'ils puissent lui servir de déjeuner !

– Comme ça, madame, à cette hauteur, c'est bien ?

Guillermo Cortes, qui avait enfin retiré ses lunettes de soleil, semblait s'appliquer. Mieux encore : cette première expérience écologique semblait éveiller vivement sa curiosité, lui qui ne s'était jamais intéressé au monde ornithologique jusque-là.

– Toi, Jérémy, j'ai une autre mission pour toi. Tu vas placer deux haut-parleurs et une chaîne HI-FI tout près des nids, en hauteur. Le son qui va sortir de ces baffles ressemblera à des cris d'oiseaux et ce leurre sonore attirera fatalement de nouvelles hirondelles.

– D'accord, m'dame. Et vous croyez que ça va marcher ? Ce serait cool… Les hirondelles vont pouvoir revenir, alors ?

– On l'espère, Jérémy, on l'espère… répondit la Mécanette.

La dernière tâche fut confiée à Kevin Pasquet. Le chef de la bande devait se débrouiller rapidement pour constituer des bacs à boue à l'extérieur, à partir d'un cadre en bois sur lequel il devait mélanger de la terre argileuse à de l'eau.

– Tu as un quart d'heure pour me confectionner ainsi deux bacs à boue, et tu te débrouilles pour aller vite, Kevin ! Cette boue est indispensable pour que les hirondelles construisent de nouveaux nids, naturels ceux-là. Vous ne vous rendez pas compte, mais on trouve de plus en plus difficilement de la boue dans nos quartiers urbanisés, et aussi dans la campagne remembrée et privée de haies. C'est gai, non, de trouver de la boue coûte que coûte ? lâcha la Mécanette d'un ton amusé.

« Elle est complètement givrée, cette nana, mais au moins elle me foutra une paix royale si je lui ramène sa boue et si je fixe ses nids », se dit Kevin Pasquet en sortant du garage et en se rendant dans le terrain vague à l'arrière, marécageux, parfait pour sa mission. Il revint dix minutes plus tard à peine, tout fier de sa trouvaille.

– C'est la première fois qu'on me félicite parce que je ramène de la boue et de la merde ! lâcha-t-il pour faire rire ses deux camarades.

– Oh, c'est incroyable ! lança alors la petite Finette, vous avez vu ? Un couple d'hirondelles vient de rentrer dans le garage. Elles volent depuis cinq minutes et font des zigzags dans tous les sens car elles n'ont plus leurs repères. Mais on dirait qu'elles se rapprochent de plus en plus d'un des nids qu'on vient d'installer. Oh, maman, c'est génial !

Paola serra sa petite contre elle. Elle ressentait plus que jamais sa sensibilité à fleur de peau.

– C'est bon pour aujourd'hui. Je vous remercie d'avoir réparé, comme je vous l'ai demandé, l'immense bêtise que vous avez commise. Disons que nous sommes quittes et que je ne veux plus jamais avoir affaire à vous. Mais promettez-moi de respecter désormais ces oiseaux et de ne plus les pourchasser. C'est d'accord ? dit encore la Mécanette, avant de rouvrir son grand volet métallique et de libérer ses hôtes.

– C'est d'accord. Nous, en fait, madame, on en veut plus à la société qu'aux animaux et aux oiseaux ! Mais ça n'arrivera plus, on vous le promet, répondit Kevin d'un ton quelque peu solennel.

– Ils peuvent déjà repartir, ces vauriens ? Tu ne veux pas les garder encore une heure ou deux pour les faire mijoter ? demanda à voix basse le Poupou à la Mécanette.

Il n'avait visiblement pas tout compris.

– Oui, la leçon est terminée. Ils peuvent repartir, affirma-t-elle.

Les trois garçons disparurent aussi vite qu'ils étaient arrivés. Une fois dehors, Kevin rabattit sa capuche sur sa tête et Guillermo posa de nouveau ses lunettes de soleil sur son nez, alors que l'obscurité était tombée. Le chef de la bande, peu sensible aux vertus pédagogiques de la pose de nids, n'avait en réalité qu'une idée en tête : se venger de l'affront subi. Les trois garçons ne virent pas qu'une troisième hirondelle tentait de pénétrer à son tour dans le garage Toto-la-dépanne.

« Rêve que tu as des ailes,
Hirondelle ou tourterelle
Et là-haut, dans le ciel,
Tu t'envoles, tu t'envoles, tu t'envoles ! »

Peter Pan

12

« La fenêtre de ma chambre était restée ouverte pour la première fois depuis des mois, comme un signe de victoire sur l'hiver. Son chant m'a réveillée à l'aube. Il chantait de tout son cœur, de toutes ses forces, de tout son talent de merle. Un autre lui a répondu un peu plus loin, sans doute d'une cheminée des environs. Je n'ai pu me rendormir.

Ce merle chantait, dirait le philosophe Étienne Souriau, avec l'enthousiasme de son corps, comme peuvent le faire les animaux totalement pris par le jeu et par les simulations du faire semblant. Mais ce n'est pas cet enthousiasme qui m'a tenue éveillée, ni ce qu'un biologiste grognon aurait pu appeler une bruyante réussite de l'évolution. C'est l'attention soutenue de ce merle à faire varier chaque série de notes. J'ai été capturée, dès le second ou le troisième appel, par ce qui devint un roman audiophonique dont j'appelais chaque épisode mélodique avec un "et encore ?" muet. Chaque séquence différait de la précédente, chacune s'inventait sous la forme d'un contrepoint inédit.

Chaque nuit, à partir de ce jour, ma fenêtre est restée ouverte. À chacune des insomnies qui ont suivi ce premier matin, j'ai renoué avec la même joie, la même surprise, la même attente qui m'empêchait de retrouver (ou même de souhaiter retrouver) le sommeil. L'oiseau chantait. Mais jamais chant, en même temps, ne m'a semblé si proche de la parole. »

Habiter en oiseau, par la philosophe des sciences et éthologue Vinciane Despret, Actes Sud, 2019.

13

Dans un gros bourg comme Pradonas, les rumeurs circulaient vite. L'information au sujet de la disparition des nids d'hirondelles, de la chasse aux trois voleurs avec une voiture tous feux éteints, puis de l'obligation de réinstaller de nouveaux nids dans le garage de la Mécanette mit moins de 24 heures pour se répandre de maison en maison. Tout le monde en parlait. Chacun commentait. Chaque Pradonien trouvait que la Mécanette avait imaginé la sanction idéale pour les trois malfrats, mais que ce n'était pas assez cher payé pour ces voleurs d'oiseaux. En revanche, personne ne voulait pour autant adopter des nids d'hirondelles chez lui. Trop salissant.

Kevin, Guillermo et Jérémy n'avaient pu garder le silence à l'école et se présentaient carrément en super-héros des événements qu'ils venaient de traverser. Quant au Poupou et au Riton, de nouveaux verres de pastis au café de la Frontière avaient annihilé leur devoir de discrétion. En grands justiciers, ils s'étaient vantés, au comptoir du bistrot, d'avoir « foutu la pétoche de leur vie à ces trois petits morveux… », avant d'ajouter à qui voulait l'entendre : « T'aurais dû les voir détaler, ces culs-terreux, quand j'ai sorti ma barre de fer… »

La réaction la plus avisée fut celle de l'institutrice de CM2 du village, Sylvette Guillaumin ; les vertus pédagogiques des nids d'hirondelles et le maintien indispensable des oiseaux migrateurs lui parurent tout de suite évidents. Quelques jours plus tard, elle invita donc Paola Ortiz afin que la garagiste, secrétaire de la section locale de la LPO, propose un cours d'ornithologie aux écoliers. Kevin, Guillermo et Jérémy, les trois amis fidèles dans les coups d'éclat comme dans les coups fourrés, figuraient parmi les quinze élèves de la classe à qui la Mécanette allait donner « une leçon de choses »…

Aimant surprendre son auditoire, Paola demanda d'abord aux enfants si, selon eux, les hirondelles étaient des animaux intelligents.

– Ils doivent avoir une sacrée mémoire pour parcourir autant de kilomètres, 6 000 parfois, et retrouver leur nid de l'année d'avant en revenant du Maroc au printemps, répondit Anaïs, une fillette aux tresses blondes sagement enlacées.

Elle devait être première de classe, ou dans les plus futées en tout cas.

– Mais non, ils sont bêtes, les oiseaux, ils sont comme la Finette, une cervelle de moineau, toujours dans la lune, une vraie tête de linotte, lança Kevin, déclenchant une salve de rires dans la classe.

– Je n'aime pas du tout qu'on se moque d'une de vos camarades de CM1. Et tenir de tels propos devant sa maman ! Ce n'est pas respectueux et ce n'est pas comme ça que vos parents et moi nous vous formons. Kevin, si certains ont une cervelle d'oiseau – et cela reste à prouver –, toi, tu as une langue de vipère et je ne le tolérerai pas, intervint fermement Sylvette.

Faisant comme si elle n'avait pas entendu la remarque acerbe de Kevin, la Mécanette reprit la parole et dit qu'Anaïs avait « émis une excellente remarque ».

– Les hirondelles ont prouvé leur intelligence en parvenant à retrouver leur chemin sur 6 000 kilomètres entre le sud du Maroc et la France. Et, en plus d'être intelligentes, elles sont aussi très solidaires. Savez-vous que les hirondelles se nourrissent d'insectes capturés en plein vol ? Telle une formation d'escadrille, une première hirondelle vient en tête du groupe voler au ras du sol pour faire voler les insectes. Les hirondelles qui suivent n'ont alors qu'à ouvrir leur bec pour les capturer. Ce n'est pas un grand signe d'intelligence, ça ? »

« Si ! » firent en chœur tous les enfants – sauf Kevin, qui continuait à jouer au rebelle impénitent.

– Les hirondelles sont tellement intelligentes qu'elles n'ont pas besoin de se mettre à table pour boire et se reposer. Elles boivent tout en volant, en effleurant la surface d'une mare, d'un étang. Et elles se lavent, font leur toilette en s'enfonçant légèrement à la surface de l'eau puis en s'ébrouant en plein vol.

La Mécanette expliqua encore aux enfants qu'une femelle hirondelle pondait en général quatre ou cinq œufs, une première fois au printemps, vers mai et juin, puis une deuxième fois en été, en juillet ou en août.

– La femelle hirondelle couve ses œufs tout de suite, pendant une quinzaine de jours, en alternance avec le mâle, qui couve également ! Ils maintiennent ainsi les œufs bien au chaud grâce à leur ventre qui perd ses plumes durant cette période d'incubation. Cette zone de leur corps est d'ailleurs appelée la « plaque incubatrice » ! ajouta la Mécanette.

– Plaque incubatrice, comme la plaque vitrocéramique dans la cuisine de ma mère ! lâcha Jules, un petit rouquin qui aimait faire rigoler ses camarades.

Les enfants apprirent aussi que les oisillons, une fois nés, restaient environ trois semaines dans le nid des parents avant de prendre leur envol, mais revenaient dormir dans le lit familial.

– La femelle est la plus active, la plus courageuse pour construire un nid. Le mâle se repose plus.

– Chez moi aussi, ma mère dit souvent à mon père qu'il se prélasse trop dans le divan en regardant son foot et qu'elle doit assurer tout le ménage ! enchaîna Jérôme, suscitant l'hilarité dans la classe.

Mme Sylvette laissait dire ses élèves.

– Je voudrais aussi vous demander si, à votre avis, un papa hirondelle reste toujours le mari ou le compagnon de la même femelle hirondelle, interrogea la Mécanette.

– Les oiseaux, ils ne restent sûrement pas avec le même partenaire toute leur vie. C'est comme nous, les hommes et les femmes, ils divorcent ou se séparent ! tenta Jules.

– Tu n'as pas tort, Jules, enchaîna la Mécanette. Mais les hirondelles sont très subtiles. Certains couples d'hirondelles peuvent rester ensemble plusieurs années, tout en sachant que les plus vieilles d'entre elles ne vivent de toute façon pas plus de six ans. Et encore, six ans, c'est une minorité. Le mâle, en général, est plus volage, il s'accouple facilement avec une nouvelle partenaire dès qu'il en a l'occasion. Les enfants, vous savez comment le mâle attire la femelle ?

– En ramenant le plus d'insectes à manger pour les petits ?

– En lui construisant le nid le plus beau et le plus douillet ?

– En lui sifflant le plus beau des chants d'amour au lever du jour ?

Plusieurs doigts se levaient en même temps. Apparemment, la leçon d'ornithologie passionnait les élèves. La Mécanette répondit que, oui, la femelle pouvait être séduite par la qualité du chant et le sifflement d'un mâle lors des parades nuptiales et les vols d'approche, mais que l'esthétique, la beauté des plumes et surtout la longueur de celles-ci étaient aussi des critères pour sélectionner le compagnon idéal.

– Moi aussi, j'ai des belles plumes et porte des sweats à la mode ! C'est pour ça que je plais beaucoup aux filles, lança Jules.

Tout le monde riait.

– Tu portes des belles fringues, mais tu chantes faux ; il pleut dès que tu veux imiter Bigflo et Oli ! Donc tu n'es pas le mâle hirondelle idéal, lui répliqua Kevin.

L'heure ornithologique était très vite passée. L'institutrice remercia chaleureusement la conférencière du jour. La Mécanette, qui pensait aux travaux pratiques, promit de recevoir les enfants en cours d'année dans son garage pour leur montrer l'installation des nids d'hirondelles.

« Le temps emporte sur son aile
Et le printemps et l'hirondelle
Et la vie et les jours perdus. »

Alfred de Musset, *À Juana*

14

Pradonas, le 5 février 2014

Chère Madame Tu-Whang,

Je ne puis être plus heureuse. Je viens d'obtenir mon visa pour le Chenmyr et je vous confirme que je viendrai rejoindre ma petite Myao Kaung dans quelques jours. J'arriverai chez vous à l'orphelinat le 14 février prochain, via un vol Lufthansa depuis Francfort. En France, le 14 février, c'est la Saint-Valentin, la fête des amoureux, mais dans mon cœur de maman, mon amour ira tout entier à ma chère petite fille, que j'attends depuis des années.

L'année que je viens de passer fut particulièrement éprouvante pour obtenir mon autorisation d'adoption. Ma situation de célibataire n'a pas facilité les choses, loin de là : il m'a fallu prouver que l'absence de père à mes côtés ne constituerait en rien un handicap ou un manque pour ma fille. J'ai dû démontrer à un psychologue et à une assistante sociale, qui m'ont interrogée à Perpignan, que Myao Kaung ne manquerait de rien, sans papa, et sûrement pas d'autorité paternelle, car ma seule autorité servirait de guidance et de balise pour cette petite. Des inspectrices, envoyées par une commission d'agrément du département où je vis, ont voulu vérifier que ma maison correspondait parfaitement aux normes d'hygiène et de confort nécessaires pour accueillir une petite fille. Les convaincre ne se fit pas sans mal, je vous assure, car une inspectrice en particulier se montra perplexe au vu du rangement de mon garage, et la présence des nids d'hirondelles la perturbait !

Je dois vous dire aussi que j'ai suivi, pendant des semaines, à plus de cent kilomètres de mon domicile, des cours s'adressant aux futurs parents adoptants. Et j'ai dû solliciter, de la part du tribunal de ma région, un certificat d'aptitude à adopter. Tous ces documents, ces multiples autorisations, je les possède enfin !

Je vous l'avoue, madame Tu-Whang, parfois, la fatigue, le découragement m'ont envahie tant je voyais des couples de parents me passer devant pour obtenir leur autorisation d'adoption. Il a aussi fallu attendre formellement qu'en juin 2013 le gouvernement et le Parlement de votre pays adoptent enfin dans votre Constitution la Convention internationale de La Haye en matière d'adoption.

Ce qui m'a fait tenir pendant ces si longs mois, c'est le sourire et les grands yeux de Myao Kaung, sur l'écran, chaque fois que j'ai passé un appel via Skype avec elle et vous-même. Je ne pouvais décevoir cette petite, elle a appris à me connaître, à m'apprécier, à deviner mes attentes de maman européenne. Myao Kaung vient d'avoir sept ans, elle a tant besoin d'une maman. D'une référence affective. Il est grand temps de finaliser pour elle une procédure d'adoption si l'on veut réussir son processus d'intégration à sa nouvelle vie ici, en France.

Vous me demandez également quel va être le prénom « français » de la petite. Je dois vous dire que je n'en sais encore rien… Je n'arrive pas à me décider. Par le biais d'un nouveau prénom qui lui sera imposé, en réalité, j'ai peur de travestir, de ne pas respecter suffisamment le prénom de son pays natal qui avait toute une portée symbolique, « la fille de l'hirondelle ». Mais vous m'avez tellement indiqué qu'elle était fine et menue… Je me demande si je ne vais pas l'appeler tout simplement « Finette ». C'est gentil et affectueux, comme nom. Et ça rimerait avec mon surnom, la Mécanette, comme tout le monde m'appelle ici !

À tout bientôt, donc, madame Tu-Whang. Ne vous faites surtout pas de souci pour mes modalités de voyage. Dès la sortie de l'aéroport, le 14 février à Bourras, je prendrai une navette qui me conduira chez vous, à l'orphelinat, à cinquante kilomètres de là. C'est tout proche. Je suis tellement heureuse. Tellement. Je vais pouvoir prendre bientôt ma petite dans mes bras.

Paola Ortiz

15

Le soleil brillait haut dans le ciel, telle une orange irradiante. Quelques nuages venaient bien le taquiner et lui faire de l'ombre, les malpolis, mais pas au point de rafraîchir l'atmosphère ; le thermomètre indiquait 23 degrés en début d'après-midi. Pas loin des records, pour un 22 octobre. Mme Sylvette avait recommandé aux enfants de ne pas oublier de se couvrir de casquettes, de chapeaux et, surtout, d'emporter avec eux de grandes gourdes d'eau pour ne pas être déshydratés. Chaque écolier – et surtout leurs parents – avait suivi à la lettre les consignes imprimées dans un petit feuillet A4 remis l'avant-veille.

Encadrés d'une dizaine d'adultes emmenés par la Mécanette, et à quelques centaines de mètres de la dernière ferme au bout du village, celle des Pasquet, les quinze enfants de la classe de CM2 de Mme Sylvette, équipés de bottes et de bêches, avançaient à travers champs. Le propriétaire, Germain Lasseron, un retraité de l'Éducation nationale qui avait hérité des terres de ses parents, avait été sensible à l'idée de la Mécanette de regarnir de haies plusieurs de ses parcelles. Paola Ortiz était venue chez lui un soir, comme chez d'autres propriétaires terriens du village. Elle lui avait démontré que l'agriculture intensive, pratiquée depuis de nombreuses années, avait arraché les haies des prairies et fini par faire disparaître une grande quantité de faune sauvage, dont les hirondelles rustiques. Ses arguments ne manquaient pas de conviction.

– Les haies sont indispensables, elles protègent vos cultures contre le vent, contre les inondations, elles sont un sanctuaire privilégié pour les oiseaux qui viennent s'y reposer et y trouver de quoi s'alimenter. À l'automne, leurs fruits sont pour les oiseaux migrateurs une réserve très utile pour entamer leur long voyage vers le sud.

Le père Lasseron, quatre-vingt-six ans bien sonnés et la tête encore parfaitement posée sur les épaules, avait fini par donner son accord pour qu'un comité de la Ligue de protection des oiseaux, emmené par Paola Ortiz, replante près de cinq cents mètres de haies dans ses parcelles. Le vieux propriétaire avait aussi été convaincu car le Conseil régional des Pyrénées-Orientales promettait des aides financières pour tout reboisement.

– Mais vous allez sans doute rencontrer des difficultés, avait dit le père Lasseron. L'agriculteur qui loue mes parcelles pour y cultiver des céréales, Augustin Pasquet, a arraché les haies il y a près de trente ans. Jamais il n'acceptera qu'on les replante et qu'on morcelle à nouveau ses terres qu'il loue en bail à ferme. Mais c'est moi le propriétaire et vous ne devez en référer qu'à moi. Je suis vieux et n'en ai sans doute plus pour très longtemps à vivre. Mais dans ma tête, j'ai des idées fraîches et modernes. Je veux retrouver ce que vous appelez « la biodiversité », oui, la biodiversité de mon enfance. J'ai connu il y a très longtemps ces prairies parsemées de haies, elles étaient parcourues par des chevreuils, du petit gibier, des oiseaux. Maintenant, il n'y a plus rien depuis qu'Augustin Pasquet a tout enlevé.

Dans la prairie de Germain Lasseron, cet après-midi d'octobre, Jean-Louis Rostré, un agent forestier qui prêtait aussi quelques heures bénévoles à la Ligue, donna des instructions claires aux adultes et aux enfants. D'abord, bien bêcher le sol pour le rendre le plus souple et perméable possible. Cinq adultes, dont le Poupou et le Riton, que l'on avait rarement vus transpirer autant, avaient apporté des brouettes de fumier décomposé ainsi que du compost.

À l'aide de fourches, ils déposèrent le tout dans les rigoles formées à même la terre.

– On va planter les arbustes de la haie en quinconce, sur deux lignes distantes d'environ quatre-vingts centimètres et avec un intervalle d'un mètre entre chaque arbuste. Et n'oubliez surtout pas d'arroser abondamment après chaque plantation ! C'est vital pour la nouvelle haie, insista l'agent forestier.

Ce dernier avait spécialement choisi des essences d'arbres et d'arbustes adaptées à ces sols secs et venteux : des arbousiers, amélanchiers, genêts, consoudes, œillets d'Inde, notamment.

La Mécanette ne boudait pas son plaisir. Elle avait emmené sa petite Finette. Âgée de neuf ans et demi, la gamine ne faisait pas partie de la classe de Mme Sylvette et, en principe, elle n'aurait pas dû participer à ces travaux des champs. Mais la directrice de l'école, Sylvie Guttierez, avait accepté que Finette accompagne sa maman et les « grands » de CM2 pour participer pleinement à cette plantation de haies indispensable au repeuplement des hirondelles. Si Finette était bien là et appuyait de toutes ses forces sur sa petite bêche pour retourner la terre, le fils Pasquet, lui, brillait par son absence. La mère Pasquet avait appelé l'institutrice sur son portable tôt le matin pour lui dire que Kevin avait eu « une indigestion cette nuit ». Les parents Pasquet, des durs à cuire, étaient fâchés de voir que l'école cautionnait « les propos de "la folle aux oiseaux", la Mécanette, et du vieux père Lasseron » à qui on pouvait « faire dire tout et n'importe quoi » (sic). La maladie du jeune fils Pasquet relevait donc de la diplomatie…

Soudain, une buse commença à tournoyer dans le ciel, puis vola de plus en plus bas, au point que le petit Jules, le rouquin, lança l'alerte :

– Attention, les filles, les buses adorent descendre en piqué sur les têtes qui ont de longs cheveux. J'ai une de mes cousines près de

Carcassonne qui a été vilainement blessée comme ça. Vous avez vraiment intérêt à planquer tous vos cheveux sous vos casquettes !

La Mécanette et Jean-Louis, l'agent forestier, tentèrent de rassurer les enfants en leur expliquant qu'une femelle buse n'attaquait des « intrus » que si elle percevait que ceux-ci pouvaient s'en prendre à sa progéniture, en bordure d'un bois, ou se rapprochaient trop du nid de ses petits. Mais les propos du petit Jules avaient allumé la mèche. Plusieurs fillettes, dont la Finette, apeurées par le message alarmiste de leur camarade, abandonnèrent sur place bêches et pelles. Avec trois autres garçons, elles prirent leurs jambes à leur cou et, en criant, partirent se réfugier dans les voitures garées au bord du champ par les quelques adultes présents.

– C'est vraiment idiot, Jules ! Pourquoi as-tu sorti ces balivernes à propos de la buse ? Tu as vu le résultat, à présent ? Il va falloir rassurer les filles et les convaincre de revenir travailler avec nous !

Mme Sylvette était fâchée contre son élève qui, cette fois, n'avait amusé personne.

– Au moins, toi, n'ayant plus de cheveux, tu n'aurais rien à craindre d'une attaque de la buse ! cria bien fort le Poupou à l'adresse du Riton.

La Mécanette trouvait ses deux comparses décidément très lourds…

C'est à ce moment que l'on entendit le son puissant d'un moteur d'engin agricole provenant du bout du sentier. Vu la sécheresse ambiante, le tracteur dégageait un nuage de poussière autour de lui. Il roulait à vive allure sur un chemin pourtant étroit, sans doute 40 ou 50 km/h. Posant leur main droite à plat à hauteur des sourcils pour ne pas être éblouis par le soleil, la Mécanette et Jean-Louis Rostré, les responsables du groupe et Mme Sylvette ne parvenaient pas à identifier qui roulait ainsi dans leur direction à une telle allure. L'institutrice enjoignit tous les enfants à se réfugier derrière elle. Lorsque le tracteur arriva à dix mètres d'eux, il n'y eut plus le moindre doute : c'étaitAugustin Pasquet, l'agriculteur, et son fils Kevin, juché dans la cabine à ses côtés, qui fonçaient sur eux !

Pasquet s'arrêta au dernier moment, descendit du tracteur, en furie et, armé d'une carabine 22 Long Rifle, s'écria :

– Vous n'avez rien à foutre sur mes terres ! Si vous ne déguerpissez pas dans la minute, je suis prêt à tirer ! J'en ai marre de ces conneries de bobos-écolos-urbains qui voudraient replanter des haies. Moi, je crève la misère pour l'instant. J'ai perdu du bétail. Mes céréales se vendent moins cher. Et j'ai besoin de toutes mes terres, avec le moins de haies possible, pour trouver un peu de rentabilité. Alors, la Mécanette et toutes tes idées débiles pour faire revenir tes mignons zoziaux, toi et tes sbires, allez faire ça ailleurs, mais pas chez moi. C'est compris ?

Tandis qu'il hurlait, il pointa son arme en direction de la Mécanette et de Jean-Louis Rostré, qui s'étaient placés à l'avant du groupe, en dignes responsables.

La tension était à son comble. On n'assistait pas à une projection de cinéma, ou à la fusillade d'O.K. Corral au Far West, mais on vivait une tragédie contemporaine avec un agriculteur incrédule et dépassé par les événements. Cachée plusieurs mètres en retrait, la petite Finette, apeurée, priait pour qu'il n'arrive aucun malheur à sa maman. Comment trouver une issue ? Un drame pouvait survenir à tout instant. Le cœur de la Mécanette s'emballait très fort, elle le sentait taper dans sa poitrine et s'imaginait déjà mourir, laissant la petite Finette de nouveau orpheline après avoir traversé tout le globe terrestre pour enfin trouver une maman aimante. C'était insupportable. Paola Ortiz se fit violence pour montrer qu'elle avait gardé tout son sang-froid :

– Augustin, je comprends ton énervement, ton désarroi. Ce n'est pas juste que toi, ta femme et même ton fils, vous bossiez autant, nuit et jour, que vous vous acharniez autant pour promouvoir votre ferme, vos champs, et que vous en touchiez si peu en retour. Mais ne vous trompez pas de combat, s'il vous plaît ! C'est au département, à l'État, à l'Europe surtout que vous devez vous attaquer. Pas à nous. Pas à ces enfants, à leur institutrice, à moi qui n'avons pour seul but que de replanter des haies pour retrouver un peu de biodiversité. Car c'est l'avenir.

– Je m'en fous, de l'avenir. Pour moi, ce qui compte, c'est le présent. Et mon présent, il est noir, répliqua l'agriculteur, dépité.

– T'as raison, c'est maintenant qui compte, reprit la Mécanette, qui n'avait plus rien à perdre, maintenant que l'arme était pointée sur elle. Augustin, ne fais pas de connerie. Écoute-moi… Tu as entendu parler de la résilience de notre climat, de nos terres, face au réchauffement climatique ? On n'a jamais eu autant de sécheresse si tôt dans l'année, on n'a jamais subi autant de tempêtes qui inondent tout. C'est maintenant, tout de suite, qu'il faut changer nos habitudes, reboiser, replanter des haies champêtres. Oui, elles serviront aux oiseaux, mais pas seulement. Ces haies permettront d'éviter l'érosion de tes sols et maintiendront une humidité suffisante lors des sécheresses, qui seront nécessairement de plus en plus fréquentes au cours des années à venir. Abaisse ton arme, rentre chez toi, Augustin ! Et laisse ton fils Kevin terminer le travail de plantation avec ses camarades.

Augustin Pasquet finit par baisser la pointe du fusil vers le sol. La Mécanette avait trouvé les mots justes dans l'adversité. Il grommela malgré tout quelques jurons. On comprit qu'il voulait demander des compensations financières au préfet et au département *via* son syndicat agricole. Il demanda à Kevin de descendre du tracteur et de rejoindre ses copains d'école. L'enfant, la mine renfrognée, prit la bêche que lui tendait Jules et se mit, à son tour, au ralenti, à retourner quelques mètres carrés de terre pour y planter des arbustes.

La buse, elle, avait quitté l'espace du ciel depuis bien longtemps et avait regagné son nid dans la forêt voisine pour y nourrir sa progéniture. C'est alors qu'une voiture de la police locale, alertée par le Poupou qui avait téléphoné en douce lorsqu'il avait vu le fermier menaçant, arriva à son tour dans les champs, toutes sirènes hurlantes et le gyrophare visible à cent mètres à la ronde pour impressionner l'assistance. L'inspecteur Deslogis en sortit, ventre en avant, mais l'incident était clos. La Mécanette le remercia pour sa prompte arrivée, mais lui fit comprendre que, cette fois encore, elle pouvait se passer de ses services.

« Je n'ai rien fait de ma vie, rien, juste bâti un nid d'hirondelle
sous la poutre du langage. »

Christian Bobin, *Un bruit de balançoire*

16

Proningyutha, le 6 mars 2014

Chère Madame Ortiz,

Votre retour en Europe avec la petite Myao Kaung – pardon, avec Finette, comme vous l'appelez – s'est-il bien passé ? Vous nous avez quittées il y a une dizaine de jours mais, pour moi et les institutrices qui m'entourent, c'est comme si vous étiez parties il y a une heure. L'absence de Myao Kaung laisse un grand vide ici, tant cette enfant respirait la joie de vivre, nous enchantait, souriait en permanence au soleil et aux oiseaux.

Ce qui me soulage et me rassure, c'est de vous avoir vue avec elle à l'orphelinat, nouant ensemble une belle complicité, d'abord timidement, puis très franchement. Vous êtes une belle personne, madame Ortiz, une bonne personne, et nous prions chaque jour Bouddha pour qu'il nous amène du bout du monde des parents comme vous, qui apportent à l'une ou l'un de nos orphelins la joie et le bonheur d'un foyer, d'une famille.

Lorsque vous êtes venue chercher la petite, j'aurais voulu passer beaucoup plus de temps en votre compagnie. J'aurais aimé vous guider jusqu'aux pagodes sacrées, qui sont notre fierté au nord de Proningyutha. Hélas, je suis trop sollicitée en tant que directrice de cette institution, je travaille souvent 12 heures par jour, je suis la plupart du temps ma propre secrétaire et c'est moi aussi qui dois le plus souvent aller récupérer notre courrier au bureau de poste ou prendre la camionnette pour aller chercher des denrées chez nos fournisseurs. C'est ça, notre réalité. Notre manque de moyens et de personnel nous oblige chacun et chacune à l'orphelinat à travailler intensément, pour le bien de ces enfants. La directrice elle-même doit bien sûr montrer l'exemple.

Que Bouddha vous bénisse, madame Ortiz, vous et la petite Myao Kaung – je dois absolument me forcer à l'appeler Finette, sinon vous ne serez pas contente de moi ! Répondez-moi vite par mail pour me dire comment se passent ses premiers jours en France. A-t-elle déjà fait la connaissance d'enfants français de son âge ? N'est-elle pas trop timorée face à eux en raison de la barrière de la langue ?

Dans l'attente et le plaisir de vous lire,

Madame Tu-Whang,
association Nay Nae Pyuannay Saï

*

Pradonas, le 9 mars 2014

Chère Madame Tu-Whang,

Pardonnez-moi tout d'abord de ne pas vous avoir donné plus tôt des nouvelles de Finette. Je vous le dis d'emblée : la petite va très bien ! Elle ne pleure plus comme au premier jour de mon arrivée chez vous, à l'orphelinat, vous vous rappelez ? :)

Oh oui, je suis sincèrement désolée de ne pas vous avoir écrit plus tôt. Dans l'avion du retour, je m'étais pourtant promis de vous recontacter assez vite à mon arrivée en France. Mais les jours ont passé à une vitesse éclair. Il a d'abord fallu que Finette et moi parvenions à nous réadapter au décalage horaire. Nous étions très fatiguées dès les premiers jours de notre retour ici, j'ai même gardé mon garage encore fermé une demi-semaine. Finette et moi avions à peine le courage de sortir nos vêtements de nos valises. Je suis restée là, prostrée dans mon salon, pendant des heures, à contempler Finette, sa beauté, sa grâce, ses cheveux noir de jais, son sourire qui désamorce tous les soucis. J'ai d'abord pris le temps de lui montrer son nouvel environnement, sa nouvelle maison. Elle était étonnée que je dispose « d'un si grand jardin, avec presque rien dedans, rien que de la pelouse ! » Elle m'a encore dit, grâce aux quelques mots d'anglais que vous lui aviez appris, que je devais « faire pousser des bougainvilliers et des plants de canne à sucre » dans mon jardin.

« Mais non, ma chérie, on ne peut faire pousser des plants de canne à sucre ici, car il y fait trop froid par rapport

à ton pays », lui ai-je répondu gentiment… Bien qu'avec le réchauffement climatique, madame Tu-Whang, je serai peut-être amenée à revoir assez vite mon jugement ! :)

J'avais remarqué au Chenmyr que Finette adorait dessiner, je lui ai dès lors acheté des boîtes entières de crayons de couleur. Quand il pleut ici, elle passe l'après-midi à dessiner des animaux, des oiseaux, qu'elle aime tant. Je lui ai acheté une poupée, aussi, car elle n'en avait jamais tenu en main. Je l'ai emmenée dans un magasin pour essayer deux jolies robes à sa taille. Finette était toute fière, elle est coquette et riait en s'admirant dans le grand miroir avec ses nouvelles tenues.

Au supermarché, Finette était très étonnée de voir autant de produits étalés. « Ils vont manger tout cela ? » m'a-t-elle demandé. La forte luminosité au plafond lui faisait mal aux yeux, l'éblouissait. « Pourquoi fait-il si clair ici dans ton pays ? Pourquoi tant de lumière au plafond pour faire ses courses ? Est-ce pour y voir plus clair dans les rayons du magasin ou pour y voir plus clair dans leur tête tellement on se perd avec tous ces produits ? » Ma petite Finette posait des questions déconcertantes, mais non dénuées de pertinence et de bon sens. Rendez-vous compte, madame Tu-Whang, la petite m'a même demandé, au supermarché : « Les gens ici semblent beaucoup moins sourire que dans mon pays. Tu crois que c'est parce qu'ils sont plus malheureux ici ? Pourtant, là-bas, à l'orphelinat où j'ai vécu, on n'avait pas grand-chose, mais au moins on souriait tout le temps ! » Que voulez-vous que je réponde à cette enfant, madame Tu-Whang ?

Dans quelques jours, nous entamerons les vacances de printemps. Et juste après, Finette découvrira pour la première fois son environnement scolaire et ses nouvelles camarades. Je sais qu'elle appréhende ce moment, c'est normal, elle commence à peine à prononcer quelques mots ou quelques bouts de phrase en français. Elle n'est pas habituée non plus à nos visages « blancs ». C'est amusant à vous raconter, madame Tu-Whang : quand la petite m'a vue pour la première fois dans votre orphelinat le mois dernier, elle ne cessait de me répéter que mon visage était blanc. La première heure avec Finette s'est révélée très éprouvante, pour elle surtout, pour moi dans une moindre mesure. Elle pleurait constamment, comme si elle avait pris conscience que sa petite vie d'avant basculait vers un inconnu qu'elle ne maîtrisait pas. C'est qu'il en faut, du courage, à une enfant de sept ans, pour quitter son univers habituel et pour donner la main à une presque inconnue qui va l'emmener à l'autre bout du monde ! Alors qu'on a très peu de certitudes, à sept ans, et que la vie bien réglée d'une institution, d'un orphelinat, la rassurait, la protégeait finalement.

Mais on fait le pari, vous et moi, chère madame Tu-Whang, d'offrir à Finette une maison, une vraie famille, une maman. De lui offrir beaucoup d'amour, surtout.

Je crois beaucoup en Finette. Elle a de la personnalité, de la sensibilité, des talents pour le dessin et la peinture. Je suis certaine qu'elle réussira de grandes choses dans sa vie.

Je ne vous remercierai jamais assez, madame Tu-Whang, pour avoir donné à Finette des montagnes d'affection et de tendresse qui lui seront des ressources essentielles pour le reste de sa vie.

Paola Ortiz,
maman de la petite Finette

17

Une fille-oiseau ? Une enfant-oiseau ? Olivia Gasperi, l'institutrice en charge des élèves de CM1 de l'école élémentaire de Pradonas, se montrait très patiente et indulgente envers Finette. Elle se rendait bien compte que la petite, chaque matin, faisait des efforts incommensurables pour garder sa concentration et participer aux activités scolaires. Mais après le repas de midi, son esprit semblait s'envoler vers le ciel, un esprit tellement léger qu'il ne pouvait se sentir bien et apaisé que porté par les vents, tel le ballon qu'elle avait envoyé vers l'azur avec sa grand-mère quelques années plus tôt, tout près de l'orphelinat.

L'après-midi, Finette regardait par la fenêtre un pigeon posé sur la terrasse du bâtiment d'en face roucouler inlassablement, ou encore un étourneau au plumage vert et violet piquer le sol de la pelouse devant l'école de son bec pour trouver des petites proies. Mais le spectacle que préférait Finette depuis son poste d'observation était assurément le vol de ses chères hirondelles. La petite était fascinée par leur vivacité et leur rythme trépidant : d'un coup d'aile, elles grimpaient, plongeaient, partaient en vrille, changeaient complètement de cap – bref, elles assuraient le grand show. Un moment de grâce et de légèreté. Bien plus fort qu'un *meeting* aérien. Finette aurait voulu applaudir, mais Mme Olivia l'interdisait.

L'institutrice ne pouvait réprimander en permanence Finette, dont l'esprit vagabondait dans les hauteurs, au milieu des oiseaux. Olivia Gasperi avait déjà recommandé à trois reprises à la Mécanette de mieux accompagner la petite dans les devoirs en fin de journée. De l'inscrire aussi à des activités de remédiation que l'enseignante proposait le mercredi après-midi pour quelques enfants en difficulté d'apprentissage comme Finette. Mais la Mécanette avait refusé cet accompagnement scolaire, sans que l'on ne sache vraiment pourquoi. Peut-être par péché d'orgueil, car la maman répétait que sa petite fille comprenait tout parfaitement et qu'il fallait simplement « lui laisser un peu de temps d'adaptation sur le sol européen ». Seulement voilà : cela faisait déjà trois ans que Finette était arrivée dans le foyer de Paola Ortiz. Elle avait appris le français assez facilement mais, à dix ans, elle ne parvenait toujours pas à résoudre un problème, à concevoir une forme géométrique abstraite, tandis que l'histoire des dynasties des rois de France lui passait largement au-dessus de la tête. Comme un oiseau…

Un après-midi, à la récréation de 14 h 30, il y eut une grosse effervescence autour de Finette. Six ou sept autres fillettes du cours de CM1, d'une dizaine d'années, entouraient leur camarade, en arc de cercle autour d'elle. Comme pour la protéger. Et aussi pour protéger une toute petite mésange, blessée, que Finette avait trouvée à l'autre bout de la cour de récréation. Elle avait dû tomber d'un nid depuis la branche de l'orme au bord de l'école. Les plumes de son poitrail commençaient à jaunir, et celles de sa calotte prenaient une teinte bleu azur, caractéristique des oiseaux de son espèce. Finette était au comble de l'émotion : elle sentait dans sa paume ce petit corps chaud et délicat dont le cœur, pris d'effroi, battait à tout rompre. Doucement mise en confiance dans cette main hospitalière, la mésange semblait se calmer et s'abandonner.

– Passe-la-moi, j'aimerais bien la sentir, moi aussi, fit Gladys, une gamine aux longs cheveux blonds qui avait le même âge que Finette, mais mesurait une bonne tête de plus.

– Non, je ne te la donne pas. Pas maintenant en tout cas. Ce n'est pas un jouet. Cela ne se prête pas, un oiseau blessé. Cela se soigne, d'abord ! répondit Finette, qui gagnait en assurance lorsque l'on touchait à ses chers oiseaux.

Les grands de CM2 partageaient la même cour de récréation. Intrigués par l'attroupement autour de Finette, Kevin Pasquet et son inséparable garde du corps Guillermo Cortes s'approchèrent des fillettes en se faisant passer pour des caïds.

– Pff ! Des oiseaux si minuscules, c'est minable. Moi, j'ai déjà tenu dans ma main un hibou blessé, un pic-vert et même un faucon ! fit Kevin.

– Vantard ! Faut toujours que tu la ramènes, lui lancèrent les filles, pas dupes pour un sou.

– Laisse-la crever, ta mésange. Tu vois bien qu'elle n'en a plus pour longtemps à vivre. Tu lui fais peur en la serrant ainsi dans ta main.

Il est indéniable que le fils Pasquet éprouvait moins d'empathie que Finette pour les oiseaux…

– Non, Kevin. On ne laissera pas cette petite mésange dans cet état. Après l'école, je demanderai à ma maman de me conduire avec l'oiseau dans un centre de soins, il y en a un pas loin, à Perpignan. On y est déjà allées le mois dernier. On va sauver la vie à cette mésange, hein les filles ?

– Oh ouiiiiii !

Tout le monde se mit à applaudir.

C'est ainsi que, jusqu'à 16 heures, Finette conserva précieusement dans de la ouate, sur son bureau, la toute petite mésange qui s'était manifestement blessée à une patte. Puis, dès que la cloche de la fin des cours retentit, elle se précipita hors de l'école pour rejoindre sa maison au plus vite.

À 16 h 40, la Mécanette remonta de son garage à la cuisine et constata, à sa grande surprise, que Finette n'était pas rentrée – ce qui n'était pas dans ses habitudes. La maman appela l'une des meilleures amies de sa fille, Gwendoline, puis l'institutrice Olivia Gasperi. L'enfant et l'enseignante confirmèrent que Finette ne traînerait sûrement pas puisqu'elle voulait partir au plus vite avec sa maman jusqu'au centre de secours pour oiseaux. Que s'était-il passé, alors ? Où était-elle ?

À 18 heures, morte d'inquiétude et toujours sans nouvelles de la petite, la Mécanette contacta la directrice de l'école ainsi que tous les parents des enfants de CM1. Mais aucun n'avait vu la petite fille dans les rues de Pradonas. La Mécanette appela ensuite à la rescousse le Poupou, le Riton, mais aussi le maire Moltrone, son épouse, le policier Deslogis, son jeune stagiaire ainsi que toute une série de braves citoyens du village prêts à aider une maman recherchant désespérément sa petite fille. Il fallait entreprendre des recherches tous azimuts, mener des battues. Le brigadier Deslogis, qui avait trente ans d'expérience derrière lui mais peu de délinquants sur sa liste des arrestations, leur dit que c'était bien beau de vouloir retrouver un enfant, mais il décréta qu'il fallait « de la méthode, s'organiser, ne pas faire n'importe quoi ».

– Il va faire nuit. Mieux vaut démarrer les recherches dès demain, 8 heures, décida le policier. Je demanderai à mes collègues du service de recherche de venir avec deux chiens pisteurs. Le commandant Merlon, mon supérieur, vient de m'annoncer qu'il dirigera lui-même les battues dans la forêt toute proche, avec quinze autres policiers et des renforts de l'armée si nécessaire. On pense aussi utiliser des drones et demander aux pompiers plongeurs de fouiller l'étang de Montalbert.

– Vous êtes cons, à la police ! Vous pensez tout de suite au drame ! T'imagines quand même pas que la petite Finette a décidé de mettre un terme à ses jours en se noyant dans l'étang ? Et l'oiseau, alors, la mésange, qu'est-ce qu'elle en aurait fait ?

Personne ne rit vraiment à la remarque du Poupou, mais celle-ci n'était pas si dénuée de bon sens…

– Nous devons envisager toutes les hypothèses, même les plus extrêmes, répondit avec gravité le brigadier Deslogis.

– Je m'entends à merveille avec ma petite Finette et il est exclu que ma fille ait fait une fugue ! Elle a à peine dix ans ! Soit elle a été enlevée, soit…

La Mécanette ne parvint pas à terminer sa phrase et se mit à pleurer. L'inquiétude était trop grande. Où était sa petite ? Errant dans une rue ? Un bois ? Un terrain vague ? Peut-être déjà loin de Pradonas si elle avait été enlevée… Mais pourquoi l'emmener, elle ? Une enfant si douce, si fragile… Mille scénarios tous plus sordides les uns que les autres se bousculaient dans la tête de la Mécanette, qui ne dormit pas plus d'une demi-heure cette nuit-là, se répétant en boucle tout ce qu'elle et sa fille avaient échangé comme propos au cours des derniers jours. Y avait-il quelque chose qui aurait indigné Finette ? Qui l'aurait blessée ?

À 8 heures précises le lendemain matin, policiers, militaires, pompiers et quelques citoyens volontaires, soit un beau peloton d'une centaine de personnes, se rassemblèrent sur la place de l'église. C'est le commandant Merlon qui fit le briefing matinal. Chaque groupe de dix héritait d'une mission bien spécifique : fouiller tous les abords de l'école, les rues, les impasses, les ruelles, entre l'école et le garage Toto-la-dépanne. D'autres groupes, en soutien des policiers et des militaires, avaient pour ordre de fouiller chaque mètre carré de la forêt du Grand-Cerf. Ils seraient aidés par des chasseurs, qui venaient apporter leur expérience du terrain.

À 11 heures, personne n'avait relevé le moindre indice, la moindre trace de Finette Ortiz, dix ans. « Si ça tourne mal, on devra faire appel au procureur de la République et suivre la procédure pour disparition inquiétante », se dit le brigadier Deslogis, déjà exténué après trois heures de marche dans la forêt.

Vers 12 h 50, alors que certains suggéraient, timidement, d'organiser une petite pause sandwich pour « recharger les batteries » et que certaines mères de famille, en réaction, se disaient outrées que l'on pense prioritairement à son estomac vide, « ce qui devrait être le dernier des soucis alors que l'on recherche une fillette disparue », Oscar, un des chiens policiers réputé pour ses détections de drogues, se mit à s'agiter dans un sous-bois tout proche de la carrière des Epards. Son maître lui avait fait sentir un vêtement porté par Finette, ainsi qu'une poupée de l'enfant. Oscar avait reniflé quelque chose de sûr…

Le chien contourna la carrière de pierres et grimpa un remblai situé à l'arrière, après un plateau rempli d'orties et de fougères. Ensuite, le sentier montait de façon abrupte jusqu'à un massif de rochers parmi lesquels était cachée une grotte bien connue dans la région. Juste avant le néolithique, vers 12 000 ans avant notre ère, cette grotte avait déjà abrité quelques humains. Mais les archéologues du service de fouilles de Montpellier en avaient interdit l'accès depuis des années ; l'endroit était bien trop dangereux selon eux, car la roche souffrait d'érosion à cause des eaux de source qui y coulaient. En outre, on y avait découvert, sur des parois intérieures, des dessins rupestres représentant des animaux de la montagne, des bouquetins, des isards pyrénéens, et les archéologues préféraient protéger ces merveilleuses traces du passé des flashs et vidéos des visiteurs contemporains.

Oscar avait été tellement rapide pour grimper jusqu'à la grotte que seul son maître, un policier de la brigade canine de Céret, avait réussi à le suivre. Quelques mètres plus loin, complètement à bout de souffle, arrivait le Poupou, qui se souvenait avoir possédé de bonnes jambes dans sa vie passée de champion cycliste.

Le chien aboya fortement devant l'entrée de la grotte. Le policier qui l'accompagnait dit au Poupou que, même si l'accès sous la cavité était interdit, on n'avait pas le choix : tout indice permettant de retrouver Finette était important. Quand ils entrèrent, le policier dut allumer une puissante lampe torche tant la pénombre était profonde dans ce trou humide. « Quelle idée ils ont eue, à l'époque du néolithique, d'habiter un endroit aussi sordide ? » se dit intérieurement le Poupou. Arriva à son tour la Mécanette, hors d'haleine. Les autres restèrent dehors. Sans doute poussée par son instinct maternel, la Mécanette se mit à crier :

– Finette ! Finette ! Tu es là, ma chérie ? Réponds-moi, réponds-nous. Tu n'as rien à craindre. Nous, on ne te veut que du bien.

Tout le monde fit silence, à l'affût du moindre bruit qui pourrait mener à l'enfant en danger. Après quelques secondes qui parurent une éternité, on perçut, venant de l'extrême fond de la grotte, mais abrités derrière une autre paroi, des petits pleurs ou gémissements, très étouffés, à peine audibles. Oscar suivit cette direction. Jean Perez, le maître-chien, éclaira le plus loin possible. Dans le faisceau de sa lampe, il distingua une cage, une sorte de grosse cage à oiseaux d'environ quatre-vingts centimètres de hauteur pour autant en largeur, et peut-être quarante centimètres de profondeur. Dans la cage, une petite fille, recroquevillée, tentait tant bien que mal de contenir ses sanglots. Un gros cadenas avait été placé à l'entrée de la cage. La petite, à l'intérieur, avait été enfermée dans cette prison épouvantable ! Un des pompiers, resté en contrebas pour surveiller les alentours, fut appelé jusqu'à la grotte car il avait emporté de précieux outils avec lui, dont une très grosse pince. Il fit sauter très rapidement le cadenas et ouvrit la cage aux oiseaux. Finette, claquant des dents et apeurée, s'envola dans les bras de sa maman.

« *Elle a jeté des ponts par-dessus l'Atlantique*
Elle a quitté son nid pour un autre terroir
Et comme une hirondelle au printemps des musiques
Elle revient nous chanter ses peines et ses espoirs. »

Yves Duteil, *La Langue de chez nous*

18

Pradonas, le 19 janvier 2015

Chère Madame Tu-Whang,

Votre beau pays est loin de nous sur la carte du monde, mais il est proche de nos cœurs. Finette, votre petite Myao Kaung, s'habitue de façon étonnante à sa nouvelle vie européenne. Vous souhaitiez recevoir des nouvelles… Sachez que la petite s'adapte beaucoup plus vite que je ne le pensais. Elle a réalisé de très grands progrès en français, en quelques mois à peine.

Elle a noué facilement des liens d'amitié avec des écolières du village, ici, dans les Pyrénées-Orientales. J'ai organisé un petit goûter à l'occasion de son anniversaire en décembre dernier, et toutes les camarades de Finette sont venues à la maison ! La petite souffre à l'évidence d'un manque de concentration sur le plan scolaire mais, paradoxalement, elle m'a avoué adorer aller à l'école pour non seulement apprendre le français, mais surtout pour suivre les leçons de biologie, de zoologie, de botanique, qui la passionnent. Elle est très tournée vers la nature.

Elle m'a expliqué par exemple, l'autre jour, avoir découvert des éléments incroyables sur la vie des écureuils lors d'un cours qu'avait donné son institutrice. Finette n'en revenait pas qu'un petit écureuil puisse bénéficier d'une mémoire et d'un odorat tels qu'il parvienne à retrouver les divers emplacements des 3 000 noisettes qu'il a disséminées et cachées au cours d'une seule saison ! Comme si son cerveau disposait d'une carte mémoire électronique ! « Les écureuils sont bien plus malins que les hommes, hein maman ? » m'a dit la petite en riant. Oui, elle m'appelle toujours « maman »… C'est si beau, si bon de l'entendre prononcer ces mots.

Finette me pose aussi de nombreuses questions sur les oiseaux, sur les hirondelles, et est toute surprise que ces oiseaux migrateurs parcourent des milliers de kilomètres chaque année pour retrouver des zones plus chaudes. Finette m'a dit avant-hier : « Les hirondelles font partie de ma famille. Moi aussi, je suis un oiseau migrateur qui a volé des milliers de kilomètres pour venir jusqu'ici ! » J'espère tout de même que cette passion ne la mènera pas trop loin, car l'institutrice m'a quand même confié l'avoir trouvée très distraite et absente lorsque des oiseaux s'attardaient sur des branches de l'arbre en face de sa classe.

En vous souhaitant encore le meilleur pour tous les enfants dont vous avez la charge à l'orphelinat, chère madame Tu-Whang, je vous signale vous avoir versé une nouvelle somme, ce matin, en faveur de vos petits protégés du Chenmyr. C'est bien le minimum que je puisse faire pour vous.

Paola Ortiz

19

À première vue, Finette ne semblait pas avoir subi de sévices ni reçu de coups pendant sa séquestration entamée 24 heures plus tôt. Aussitôt redescendue dans la vallée grâce à la Jeep des agents des Eaux et Forêts, la petite fut examinée par un médecin qui se rendit au garage Toto-la-dépanne. Il ne constata aucune blessure, aucune lésion. L'enfant paraissait extrêmement fatiguée, extrêmement lasse, et ce qui inquiétait le plus le médecin et la Mécanette, c'est que Finette ne prononçait plus le moindre son. Impossible de sortir indemne d'un tel traumatisme.

Vers 17 heures, alors que Finette dormait, épuisée, sur le divan-lit du salon, un large plaid déposé sur elle, la Mécanette quitta la maison car elle avait « quelque chose d'impératif à régler », dit-elle à son amie Florentine, la voisine bibliothécaire du village qui était venue spontanément pour rester au chevet de la petite.

La vieille Golf diesel de la Mécanette traversa en trombe tout Pradonas, puis emprunta la longue ligne droite tout à la fin du bourg – la route qui menait à la ferme des Pasquet. La progression rapide de la voiture le long du sentier dégageait un important nuage de poussière. Trois canards, qui s'ébattaient dans une petite mare juste devant le bâtiment, déployèrent leurs ailes dans un froissement.

À peine garée, la Mécanette sortit de la voiture et fonça vers l'étable. C'est souvent là que le père Pasquet se trouvait, quand il n'était pas occupé avec son tracteur dans les champs. Une chance : l'agriculteur venait de rentrer et s'apprêtait à traire ses vaches.

– Paola Ortiz ! Encore toi ! Tu ne nous as pas suffisamment emmerdés l'autre jour avec tes plantations de haies ? Si c'est pour me demander de nouveau un service, tu peux faire immédiatement demi-tour. Je t'annonce déjà la couleur…

– Il est où ?

– Qui ça ?

– Ne joue pas au con, Augustin. Tu sais très bien de qui je parle.

– Ben non, sérieux. Tu cherches qui ? Tu cherches quoi ?

– Ton fils Kevin, pardi !

– Qu'est-ce qu'il a encore fait comme connerie, celui-là ? Déjà qu'on a appris avant-hier qu'on était convoqués avec lui devant le tribunal pour enfants. Il n'a que onze ans, on est responsables de lui. Responsables de toutes ses bêtises, aussi… J'étais fou de rage quand j'ai ouvert la lettre et découvert la convocation. Il est taré, mon fils ! Qu'est-ce qui lui a pris de s'en prendre ainsi aux hirondelles dans ton garage, de les capturer et de détruire les nids ? Je n'aime pas les hirondelles non plus, mais ce n'était pas une raison pour les éliminer de cette façon. J'étais tellement en colère quand j'ai vu qu'on était appelés chez le juge… J'ai frappé Kevin, avec cette main, tu vois, dit-il en montrant sa main droite, épaisse et calleuse. Je l'ai frappé de toutes mes forces tant j'éprouvais de la rage, de la honte, aussi. Kevin a crié au début quand je cognais, puis il s'est tu, il avait mis son corps en boule.

– Tu sais très bien qu'on ne peut pas se montrer aussi violent envers son enfant, même s'il a commis quelque chose de répréhensible. Et après, il s'est passé quoi ?

– Après ? Je n'ai pas revu Kevin. Et sa mère non plus. Il est juste revenu dormir tard dans la nuit. Il est reparti ensuite pour l'école hier matin. Il a juste dit à sa mère en partant que la Chinoise allait payer pour l'autre, la folle aux oiseaux. Il a dit aussi que tu n'avais pas de parole, Mécanette, que tu ne tenais pas tes engagements. Il paraît que t'avais promis à Kevin, ainsi qu'aux deux autres garnements qui l'accompagnaient ce soir-là dans ton garage, que tu ne les dénoncerais pas à la police.

– Oui, c'est vrai, je leur ai dit cela. Je leur ai garanti qu'on en resterait là, sans poursuite judiciaire. J'ai trouvé plus réparateur et plus pédagogique de leur expliquer pourquoi ces petites hirondelles nous sont utiles, donc je les ai fait venir dans mon garage. Je leur ai appris à installer des nids artificiels et des planches de protection juste en dessous, contre les fientes.

– Mais tu mens ! Tu mens, Paola ! Arrête tes salades, puisque Kevin, Guillermo et Jérémy sont bel et bien convoqués devant le tribunal pour enfants…

– Je ne comprends pas. Je ne comprends pas… Je t'assure, Augustin, je n'ai jamais donné le nom de ton fils ni celui de ses deux copains à la police.

Une camionnette blanc et bleu de la police municipale pénétra à son tour dans la cour de la ferme. Les canards, qui venaient à peine de retrouver leur quiétude, repartirent en claquant fort leurs ailes, mécontents. C'était le brigadier Deslogis, flanqué d'un jeune aspirant policier ; Deslogis semblait beaucoup plus nerveux qu'à l'accoutumée.

– Il est où, Kevin ?

– Mais vous n'allez pas tous me questionner sur mon fils ! Il a disparu, envolé, comme un oiseau. Ah ah ah !

Il riait bruyamment, mais cela sonnait faux.

– Madame Ortiz, qu'est-ce que vous faites ici, dans cette ferme ? À cette heure-ci, vous feriez mieux de rester près de votre petite fille, qui a grandement besoin de vous. Quelle chance on a eue de la retrouver moins de 24 heures après sa disparition ! Ce n'est pas si courant, vous savez…

– Monsieur Deslogis, j'avais promis aux trois enfants, et à Kévin, donc, qu'il n'y aurait pas de poursuite judiciaire contre eux puisque je m'étais contentée de leur passer un bon savon puis de leur expliquer toute l'utilité des hirondelles. Pourquoi alors sont-ils convoqués chez le juge des enfants ? Quelles sanctions va-t-il prendre contre eux ? Je n'ai pas voulu tout ça, moi…

Marc Deslogis garda la tête basse et, sur un ton presque gêné, confessa à la Mécanette que l'action publique avait été amorcée par elle. Ben oui, quand elle est arrivée en furie au commissariat de police pour signaler le vol des nids d'hirondelles dont elle venait d'être victime, Paola Ortiz a signé un *pro justitia* et a porté plainte au nom de la Ligue de protection des oiseaux. Même si la Mécanette n'a pas rendu publics les noms des trois petits malfrats, d'autres ont pu le faire et, alertée par la police, la justice, elle, *via* le parquet, a saisi le juge de la jeunesse pour instruire ce dossier. Le volet pénal de cette affaire a donc été amorcé. Et quand la machine judiciaire est lancée, il est quasiment impossible de la bloquer.

– Augustin, ne me dis pas que Kevin, ton fils, a voulu se venger sur la petite Finette, cette pauvre gamine innocente, tout simplement parce qu'il croyait à tort que moi, la mère, j'avais renié ma parole et tout balancé aux flics ? J'y crois pas. C'est machiavélique. Tu sais qu'il l'a enlevée hier et l'a enfermée là-haut dans la montagne, dans la grotte, à l'intérieur d'une cage à oiseaux ! C'est inhumain…

– Quoi ? Il a enfermé ta fille dans une cage ? Il n'a quand même pas été récupérer la vieille cage à oiseaux qu'on avait fourguée au fond du fenil il y a plusieurs mois, en attendant de la conduire à la déchetterie ! Il n'y avait même plus de perchoir ni de balançoire à l'intérieur de cette vieille carcasse métallique. Non mais, si le Kevin revient, il va de nouveau s'en ramasser une…

– Arrête avec ça, Augustin ! Les coups et la violence n'ont jamais permis de progresser. Faut absolument qu'on retrouve au plus vite ton fils. Et qu'on lui parle. Qu'on lui explique. Qu'on le recadre et le rassure. Car c'est très grave, ce qu'il a fait. Dans quel état elle va évoluer maintenant, ma Finette, après ce qu'elle vient de vivre ? Enfermée toute la nuit dans l'obscurité, dans une cage à oiseaux ! Tu te rends compte ? Malgré toute la haine que j'éprouve en ce moment au fond de moi envers ton fils, malgré cette colère noire, cette boule, que j'ai, là, dans le ventre, je veux pouvoir parler à ton fils. Lui tendre la main. Il a des circonstances atténuantes à faire valoir. Le juge des enfants saura le comprendre, lui aussi…

– Oui, le juge des enfants dispose d'une large palette à sa disposition, précisa le policier Deslogis. Il n'y a pas que des réponses pénales du type enfermement. Le juge peut prendre avis auprès de travailleurs sociaux, de psychologues, de services de protection judiciaire de la jeunesse. Il peut par exemple contraindre Kevin à une peine de travail d'intérêt collectif, à une sanction éducative. Kevin ne doit pas bousiller sa vie après ce qui vient de se passer. Mais il faut absolument que vous, ses parents, le recadriez, que la société le recadre, qu'elle lui redonne des balises, un cap. Les hirondelles, elles, suivent bien des caps. Kevin devrait prendre exemple…

Pour une fois qu'il causait, ce brigadier Deslogis, il tenait des propos particulièrement sensés, se dit la Mécanette.

« La p'tite hirondelle
Qu'est-ce qu'elle a donc fait
Pour que son cœur reste fidèle ?
Qu'on la laisse s'envoler
Elle a bien assez pleuré
Qu'on la laisse s'envoler
Elle a bien assez pleuré
L'hirondelle belle »

Anne Sylvestre, *La P'tite hirondelle*

20

Proningyutha, le 23 juin 2017

Chère Madame Ortiz,

Je prends des nouvelles de notre ancienne petite protégée, Finette ! J'avais été soulagée d'apprendre dans votre dernier mail que l'enfant a pu reprendre l'école et qu'elle a retrouvé progressivement une vie sociale avec les enfants de son âge. Mais vous m'avez précisé aussi qu'elle était encore fragile depuis les graves événements subis quelques mois plus tôt. La pauvre petite… Vous m'avez fait sourire en m'écrivant qu'elle continuait à se confier aux hirondelles. Cette petite fille est un enfant-oiseau, je le pense depuis le premier jour.

Je me demande encore ce qui a pu passer par la tête de ce jeune de son village et de son école, Kevin comme vous l'appelez, pour enfermer ainsi la petite dans une cage à oiseaux au milieu d'une grotte isolée. C'est tellement dégradant comme comportement, mais sans doute a-t-il manqué d'amour et de repères solides durant son enfance pour perpétrer de tels actes. Son geste, si barbare et insupportable soit-il pour nos consciences, est peut-être aussi un appel urgent pour le reprendre en main et l'aider à adhérer à des valeurs fortes qui lui ont manqué.

C'est bien que vous ayez pu parler vous-même à Kevin, en lui tendant la main, pour le comprendre, pas pour le juger. Il vous a avoué que Finette l'avait accompagné jusqu'à la grotte sans aucune crainte et qu'il avait emporté avec lui la cage à oiseaux pour y contenir la petite mésange blessée, pour empêcher celle-ci de s'envoler. La pauvre Finette, encore naïve, lui a fait confiance ! Dans mon pays, ce garçon aurait été envoyé dans un camp de redressement où la discipline est féroce. Vous, dans les pays occidentaux, semblez plus orientés vers l'objectif de réinsertion et l'accompagnement psychologique. Et c'est peut-être mieux ainsi. Vos pays n'ont pas que des désavantages par rapport aux nôtres !

Madame Ortiz, vous m'avez dit dans votre précédent mail que le juge pour enfants a contraint Kevin à travailler cinq week-ends de suite dans cette clinique pour oiseaux et animaux blessés, dans le sud de la France. C'est très bien. J'espère que ce garçon, au sortir de cette peine de travail à vertu pédagogique, sera plus apaisé dans sa tête, aura enfin intégré des normes pour vivre en société et ne s'en prendra plus jamais à des fillettes innocentes et sans défense.

De mon côté, je dois vous signaler que j'ai connu quelques soucis de santé : mon vieux cœur commence tout doucement à fatiguer après tant de sollicitations pour gérer au mieux notre orphelinat. J'envisage de plus en plus de passer le relais de la direction à ma sous-directrice et assistante Thaza.

Ce qui me peine le plus, c'est qu'au soleil couchant, de mon poste d'observation privilégié en haut de ma colline, je distingue de moins en moins notre fleuve sacré, l'Innalay. Parce que l'air, désormais trop embué par la pollution, brouille et parasite la vision du fleuve tout en bas. Les bancs de sable mangent de plus en plus le cours d'eau.

Mais je tiens à terminer sur une bonne note ! Avant de prendre ma retraite à la fin de cette année, il me restera une tâche extraordinaire à accomplir. J'ai promis de répondre favorablement à la requête de Finette et je vous accompagnerai donc, avec elle, jusqu'au lac Kalun pour qu'elle y retrouve son papa pêcheur, Htet ! Je comprends que Finette, qui va avoir onze ans et ne cesse de vous poser des questions sur ses parents biologiques, ait eu envie de voir au moins une fois son papa, ici, au Chenmyr. Cela fait partie aussi de son processus de guérison et de réappropriation de ses racines après le traumatisme violent qu'elle a subi. Gageons que ce retour de quelques jours sur sa terre natale apportera beaucoup de joie et d'amour à cette enfant et qu'elle retournera ensuite en Europe le cœur gonflé de ces images inoubliables.

Son papa, Htet, est un brave homme. Sans doute ne voudra-t-il pas garder sa fille à ses côtés au lac Kalun car il sait, dans sa sagesse d'homme de la campagne et de l'eau, que Finette a désormais sa vie, loin de lui, et qu'elle grandira bien mieux en Europe, près de vous, sa maman, madame Ortiz, pour apprendre à l'école et aspirer à une vie plus équilibrée.

Rendez-vous donc dès le 3 octobre prochain sur le lac Kalun. Nous assisterons avec Htet aux festivités du Phing-Daw U. C'est la grande fête annuelle du lac, tous les pêcheurs sont présents et sortent leurs plus belles embarcations. Vous verrez, il y règne quelque chose de magique ! J'ai veillé personnellement à ce que vous arriviez sur place au meilleur moment, en fonction du calendrier lunaire.

À dans quelques semaines, alors ! Je suis impatiente de vous revoir, madame Ortiz, et surtout notre petite Myao Kaung. Pardonnez-moi si je ne l'ai pas appelée Finette cette fois…

Thwa bi *! (cela signifie « au revoir » en langue chenmyre)*

San San Tu-Whang,
directrice de l'association Nay Nae Pyuannay Saï

21

Les haut-parleurs diffusaient de la musique chenmyre dans un bruit assourdissant, tandis qu'une foule compacte et colorée se pressait dans les rues de Thar Ling pour se rapprocher des bords du lac. Au milieu de gros ballons gonflables qu'achetaient les parents pour leurs plus petits, l'ambiance bon enfant faisait plus penser à une grande fête foraine qu'à une célébration religieuse ou folklorique. De peur de la perdre au milieu d'une foule si dense, la Mécanette ne lâchait pas la main de Finette sur le chemin des embarcations. Derrière elles, Mme Tu-Whang les suivait avec quelque difficulté, s'épongeant de temps en temps le front et portant une ombrelle.

– Je préfère toujours me protéger du soleil. Il est traître, ici, lançait joyeusement la directrice de l'orphelinat, tellement fière de montrer le cœur de la fête à ses invitées européennes.

– Mais pourquoi tout ce monde se presse ici alors que cette fête revient tous les ans ? demanda la Mécanette.

– C'est parce que c'est leur rendez-vous ; ils ne voudraient le louper pour rien au monde ! Tout le peuple de la région, issu de la tribu des Asthas, est rassemblé ici pendant ces dix-huit jours. Et pour l'occasion, les familles originaires du lac sont revenues expressément de la capitale et ont pris un congé pour célébrer la fête du Phing-Daw U. Vous allez voir, vous ne serez pas déçues…

Mme Tu-Whang parlait abondamment en anglais, ne pouvant cacher son enthousiasme.

Pour l'occasion, Finette, sa maman et Mme Tu-Whang portaient toutes trois la tenue traditionnelle chenmyre, une longue jupe longyi arborant de jolis motifs floraux. La directrice de l'orphelinat leur avait conseillé de porter ce longyi « en hommage à Bouddha pour cette grande fête du Phing-Daw U ». Finette et sa maman avaient aussi joué le jeu de l'intégration jusqu'au bout en acceptant qu'une jeune femme, rencontrée au coin d'une rue, peigne leurs joues d'un cercle jaune avec de la crème thanakha, considérée comme le produit de beauté par excellence de la femme chenmyre et obtenue à partir de l'écorce du thanakha, un arbre très présent dans le pays. Rien n'était trop beau pour célébrer à sa juste mesure la fête du lac et pour fêter les retrouvailles avec Htet, le papa pêcheur.

Les deux dames et Finette montèrent dans une pirogue à moteur qu'avait réservée Mme Tu-Whang pour ses invitées. Deux pêcheurs asthas les firent asseoir et l'un des hommes actionna le moteur pour, dans un premier temps, remonter le long chenal menant au lac. La Mécanette et sa fille observaient avec attention, sur la rive, toutes ces maisons construites sur pilotis ainsi que des jardins flottants sur lesquels les Asthas cultivaient quantité de fleurs et de légumes, des potirons, des tomates, des choux-fleurs. Ce maraîchage subtil et efficace était obtenu grâce à des semences sur des bandes d'algue et de terre argileuse provenant du fond du lac, matières recouvrant elles-mêmes des bandes épaisses de jacinthes, d'eau de roseaux et d'herbes aquatiques.

– Voilà de l'écologie moderne ! On devrait pratiquer la même chose chez nous, au bord du Rhône ou de la Loire ! s'amusa à faire remarquer la Mécanette.

La pirogue finit par atteindre le lac et progressa encore de quelques mètres. Et là, face à Paola et Finette, s'offrit un spectacle d'une force et d'une esthétique incroyables. À bord de dizaines de longues barges plates, des pêcheurs asthas venant des quarante villages autour du lac s'affrontaient dans des compétitions à la rame. On ne pouvait réellement comparer cela aux compétitions légendaires d'aviron entre les universités d'Oxford et de Cambridge en Angleterre, mais il régnait une vraie opposition et émulation entre chaque barge concurrente. Sauf que tous ne partaient pas avec les mêmes armes : étonnamment, certaines barges étaient composées de soixante à soixante-dix rameurs, d'autres de quarante seulement. Et, comme par hasard, les embarcations avec le plus grand nombre de rameurs arrivaient toujours bien avant les autres ! Mais le peuple astha, bienveillant, ne s'en offusquait pas et tout le monde applaudissait aux exploits de leurs jeunes sportifs.

La petite Finette se demandait bien dans quelle barge avait pu prendre place son papa, car les embarcations surgissaient de partout.

– On va le voir bientôt, je te le promets ! lui répondit Mme Tu-Whang.

Finette, attirée par le beau, était subjuguée par la tenue impeccable, chemise blanche et pantalon orange, que portaient les rameurs d'une des barges. L'embarcation qui l'affrontait dans la course affichait la même classe, avec des pantalons bruns et des chemises entre le beige et le blanc cassé. Ce deuxième bateau avait poussé le raffinement jusqu'à s'accompagner d'ombrelles en forme de cloches pour se protéger du soleil. Le public à bord des pirogues et les familles rassemblées sur les berges du lac applaudissaient, riaient, encourageaient ces rameurs à pagayer encore plus vite, alors que la musique, tonitruante, provenant des bateaux et entrecoupée de sons de gongs et de tambours, continuait à marteler les tympans.

La Mécanette était impressionnée par le mouvement cadencé des rameurs, suivant presque un rythme militaire ; ils étaient debout, une jambe enroulée autour de la rame, en équilibre sur l'autre. Un jour plus tôt, lors de leur arrivée au lac Kalun, Finette et la Mécanette avaient remarqué que les pêcheurs utilisaient la même technique de jambe enroulée autour de la rame pour s'adonner à la pêche, la main restant ainsi disponible pour ramener le filet.

Après quelques minutes, Mme Tu-Whang se redressa sur la pirogue. Elle le fit tellement vite qu'elle faillit faire chavirer l'embarcation.

– Attention, voilà la barge royale qui arrive ! Vous pouvez sortir vos GSM et smartphones pour filmer ! C'est unique.

Cette vénérable Mme Tu-Whang, derrière ses airs traditionnels, s'était bien adaptée aux techniques modernes de communication. La Mécanette put alors filmer, sur son smartphone, le passage féerique et solennel de la barge royale.

– C'est le Poupou et le Riton qui vont être ébahis par cette vidéo… Oh, et puis, non, je ne filme pas, après tout. Zut ! Je préfère privilégier le spectacle à l'œil nu. C'est trop beau ! fit la Mécanette, vibrante d'émerveillement.

On vit alors s'avancer, majestueuse et plaquée d'or, l'embarcation royale rehaussée d'un baldaquin abritant les quatre statues de Bouddha, elles-mêmes recouvertes de feuilles d'or et provenant de la très belle pagode au bord du lac. Le bâtiment Phing-Daw U, à quelques kilomètres de là, datant de plusieurs siècles et construit lui aussi sur pilotis, abritait ces quatre bouddhas qui ne sortaient qu'une fois par an, en octobre, lors la grande fête sur l'eau des pêcheurs asthas. La barge royale, les transportant, voguait de village en village pendant toute la durée de la fête.

La Mécanette se ravisa.

– C'est quand même trop bête que le Poupou et le Riton ne puissent rien voir de ce spectacle ! Parce que nos mots seront trop pauvres pour leur raconter les couleurs, les sons…

Alors, Paola Ortiz filma. Avec frénésie. Elle filma surtout l'avant de la barge royale où un énorme oiseau sculpté, le *karawok*, semblait indiquer la voie à suivre. Positionné ainsi à la proue, cet oiseau d'eau mythologique, emblème des anciens rois chenmyrs, donnait un air de drakkar viking à la barge. Depuis des siècles, on avait sacralisé cet oiseau car son chant était si pur et mélodieux qu'il était assimilé à celui de Bouddha.

Plusieurs prêtres bouddhistes accompagnaient les statues sur le navire. Ils étaient encadrés de servants de la pagode qui portaient des parasols les protégeant du soleil. Sur les côtés, d'autres servants tenaient en main de longues perches en bambou pour aider à la progression du bateau. Le baldaquin tapissé d'or scintillait au soleil et se reflétait dans les eaux du lac. Jamais de sa vie la Mécanette n'avait vu de spectacle si grandiose, si étincelant, venu de la nuit des temps.

Mme Tu-Whang s'adressa alors, à voix basse et en langue chenmyre, au pêcheur qui les dirigeait. Celui-ci opina du chef. Manifestement, il était bien au courant du scénario que la directrice de l'orphelinat avait imaginé pour la petite Finette…

La barque, avec ses cinq personnes à bord, contourna plusieurs barges et vint se positionner le long de la quatrième, qui se tenait un peu en retrait et semblait attendre des instructions.

– Htet, le papa, est sur cette barge ! cria Mme Tu-Whang à l'adresse de la Mécanette.

Et en chenmyr, que comprenait bien sûr Finette, la directrice de l'orphelinat ajouta :

– Ton papa est là, tout près, il t'attend !

Le cœur de Finette accéléra si fort qu'elle eut l'impression qu'il allait exploser dans sa petite poitrine.

On dénombrait moins de rameurs sur cette barge, comme si, exceptionnellement, les occupants représentant ce village avaient réservé quelques places pour des hôtes d'honneur. Une petite passerelle métallique fut installée, permettant de grimper à bord. Finette et sa maman la Mécanette franchirent sans encombre la passerelle, mais Mme Tu-Whang, plus âgée et beaucoup moins souple, dut être quasiment tractée par deux jeunes Chenmyrs, un à l'avant et un autre la poussant à l'arrière, pour accéder au bateau. À bord, un des rameurs salua avec effusion la petite Finette et lui offrit un collier de fleurs qu'il lui passa autour du cou. Il lui prit délicatement la main pour l'emmener à l'arrière. L'enfant, ravie, se laissait mener comme dans un conte de fées. Au bout de l'embarcation les attendait, debout, un homme d'une quarantaine d'années, dont le visage quelque peu ridé et marqué contrastait avec celui des autres rameurs, plus jeunes.

– Papa, mon papa ! s'écria la Finette en langue chenmyre, se collant au corps de Htet et l'entourant de ses bras.

Elle l'avait reconnu !

Un peu décontenancé par cette effusion, le brave pêcheur semblait gêné, surtout qu'il ne voulait pas afficher en public ses émotions.

La Mécanette et Mme Tu-Whang laissèrent Finette et Htet dialoguer ensemble plusieurs minutes à voix basse, de leurs vies respectives, de la quantité de poissons pêchés dans le lac, du garage que tenait la maman de Finette à Pradonas, en France. Htet était un homme de la nature. Il parlait peu. Chaque mot était pesé. Mais il prononça toutefois quelques paroles à l'enfant à propos de sa maman, Thuya, partie bien trop tôt.

– Tu lui ressembles terriblement, ajouta-t-il.

Tous les rameurs s'étaient discrètement positionnés de dos, pour ménager à l'enfant et son papa une petite bulle d'intimité. Ils savaient que ce moment de retrouvailles était exceptionnel pour Htet, leur ami si secret sur sa vie privée. La Mécanette, heureuse pour sa fille, observait la scène de loin, assise plusieurs mètres à l'écart, en compagnie de Mme Tu-Whang.

Soudain, Htet se leva, se retourna et souleva une bâche plastique de couleur sombre disposée derrière lui. Sous la bâche était cachée une cage à oiseaux contenant quelques hirondelles à longs brins, des oiseaux marins aimant vivre en colonies le long du lac Kalun.

Une semaine plus tôt, le papa avait appris, par l'intermédiaire de Mme Tu-Whang, que Finette allait venir de son lointain pays européen et qu'elle était très attachée aux hirondelles. Aidé d'amis pêcheurs, Htet avait eu l'idée d'acheter, deux jours plus tôt, ces oiseaux sur un marché public. Son but était de les relâcher très vite en y associant sa fille. Un geste à portée symbolique car « ces oiseaux détestent être captifs, ils ne demandent qu'à vivre libres », précisa-t-il à l'adresse de Finette. Et puis, dans la tradition bouddhiste, libérer un oiseau sauvage est un acte fort de compassion et une bonne action valorisant son karma.

Finette se pencha d'un peu plus près vers ces hirondelles à longs brins ; elle n'en avait jamais vu d'aussi belles, avec leur très longue queue d'une dizaine de centimètres et, au sommet de leur tête, un capuchon châtain roux contrastant avec le bleu lustré de leur dos et le blanc de leur poitrail. Htet demanda à sa fille d'ouvrir la cage aux oiseaux. Finette s'exécuta rapidement et les hirondelles, trop heureuses, s'échappèrent aussitôt. Elles remercièrent leur bienfaitrice en dansant une fantaisie en plein vol, comme pour symboliser leur liberté retrouvée : elles signèrent tour à tour des vols planés, des vols en piqué, des virages, des tonneaux. Puis, elles grimpèrent plus haut dans le ciel et Finette perdit peu à peu leur trace, car les hirondelles se confondaient avec les nuages.

L'oiseau en cage ne rêvait plus de nuages. Car il était à son tour nuage. Porté par un vent de liberté.

« L'herbe fine figeait le vol des hirondelles
Et l'automne pesait dans le sac des ténèbres
Tu es venue les rives libéraient le fleuve
Pour le mener jusqu'à la mer »

Paul Éluard, *Dominique aujourd'hui présente*

Épilogue

La petite Finette a bien grandi. À quinze ans, elle est entourée de plein d'amis au lycée de Céret, le plus proche de Pradonas. Elle s'y rend en bus tous les jours. Sa scolarité est bien meilleure aujourd'hui. Une conseillère pédagogique la suit régulièrement ; elle lui a appris des techniques de prise de notes en classe et lui donne des conseils pour ne pas perdre sa concentration. « Fais d'abord ce que tu aimes. » Sa maman a fini par accepter que Finette se tatoue une petite hirondelle sur le haut de l'épaule. Son professeur de dessin la suit de près et la trouve particulièrement douée pour l'illustration, et pas seulement pour représenter les oiseaux en plein vol. Sa maman est très fière de la réussite scolaire et humaine de sa fille.

Malgré la concurrence effrénée des grands garages, Paola Ortiz continue à gérer son petit Toto-la-dépanne mais, sous la pression de son épouse, qui voulait sans doute se racheter une bonne conduite, le maire et tout le Conseil municipal ont décidé de faire du garage de la Mécanette un « atelier partagé », financé en partie par la municipalité et un fonds social du département. Les habitants de Pradonas vivant le plus modestement et ne dépassant pas un certain seuil de revenus peuvent désormais y faire réparer leurs véhicules pour des montants très faibles. La Mécanette y partage son savoir-faire et se charge de former certains d'entre eux aux rudiments de la mécanique. Vu le succès du garage partagé, Paola Ortiz a dû engager deux assistants pour la seconder, le Poupou et le Riton ! Elle n'a pas eu besoin d'un cabinet de recrutement chasseur de têtes pour trouver l'oiseau rare. On raconte que le Poupou et le Riton ne s'épuisent pas à la tâche et s'octroient systématiquement une heure extensible de pause, le midi, au café de la Frontière. À deux reprises, la Mécanette a même dû les rappeler à l'ordre alors que des clients attendaient au garage !

Kevin Pasquet n'a plus jamais enfermé un être humain dans une cage. Il s'est inscrit au lycée agricole car il compte, à terme, reprendre l'exploitation de son père et lancer une coopérative avec d'autres jeunes agriculteurs. Le fils Pasquet ne s'est plus jamais fait remarquer négativement. Mieux, il s'est passionné pour les soins à donner aux animaux blessés et revient régulièrement saluer le personnel de la clinique vétérinaire où le juge des enfants l'avait contraint de travailler plusieurs week-ends d'affilée.

À l'autre bout du monde, au Chenmyr, Mme Tu-Whang profite de sa retraite bien méritée. Elle donne des cours d'alphabétisation chez elle à des enfants de la rue et leur prépare à manger. Mme Tu-Whang revient aussi de temps en temps à Proningyutha prêter main-forte à la jeune femme qui lui a succédé à l'orphelinat. « En Europe, vous manquez tellement de professeurs que vous allez bien chercher des enseignants à la retraite pour encadrer des jeunes… Au Chenmyr aussi, on a besoin des anciennes dirigeantes d'institution pour aider à des tâches administratives. »

Quant à Htet, le papa de Finette, il continue de pêcher chaque jour sur le lac Kalun. Tant que le lac n'est pas définitivement asséché par l'homme ou envahi par les jacinthes d'eau. Lorsqu'il croise tout près de sa pirogue des hirondelles aux grands brins venues le saluer, Htet se dit que sa fille, loin là-bas, en Europe, est en train de lui envoyer un signe. À moins que ce signe ne provienne de Thuya, la femme qu'il aimait ? Alors, Htet laisse quelques secondes ses filets de pêche flotter à la surface de l'eau, puis lève la tête et sourit en direction du ciel et des hirondelles.

Remerciements

J'aimerais adresser de chaleureux mercis !

D'abord à Marybelle, qui a inspiré l'envol de l'hirondelle, ainsi qu'à Lou, maman d'hirondelle qui m'a raconté avec émotion son parcours d'adoption. Elles se reconnaîtront.

Merci à Claire, Marielle et Véronique, qui ont lu avec attention et intérêt ce manuscrit et l'ont rendu meilleur.

Merci à la directrice éditoriale de Kiwi à Paris, Katia Kaloun, qui ne freine jamais mon enthousiasme et ma passion et qui, au contraire, les renforce et les décuple.

Merci à Alix Putavy, éditrice chez Kiwi, pour sa précieuse relecture et ses remarques.

Merci à Charlotte Thomas, graphiste pour Kiwi. À travers la couverture de mes livres, Charlotte a le don de mettre en avant la légèreté, la poésie, avec grâce et délicatesse.

Merci à Vinciane Despret et aux éditions Actes Sud pour nous avoir gracieusement autorisés à reproduire le très beau « chant du merle », extrait du livre de Vinciane, *Habiter en oiseau*, publié en 2019 chez Actes Sud à Arles. Vinciane Despret, philosophe des sciences, s'est passionnée pour l'éthologie animale et enseigne aux universités de Liège et de Bruxelles.

Un remerciement tout spécial enfin à Yasmina Khadra, immense écrivain, mondialement reconnu, qui a trouvé le temps de se pencher sur *P'tite hirondelle* alors qu'il avait mille soucis prioritaires, notamment pour la restauration de sa maison d'Oran, en Algérie. Grâce à vous, Yasmina, les *Hirondelles de Kaboul* ont migré vers les territoires d'Europe. Nous leur ferons bon accueil.

Du même auteur

La Patrouille des enfants juifs. Jamoigne 1943-1945, Éditions Racine (Bruxelles), 1994. Récit, préface du réalisateur Louis Malle. Adapté à la scène et en BD.

Le Trou des fées. Contes pour enfants de Gaume et d'autres collines. Contes et légendes pour enfants. Éditions Memor (Bruxelles), 1998, puis rééditions chez Weyrich (Neufchâteau, Belgique), 2009. Illustrations par Valérie Dion. Prix Jean Lebon de la Ville d'Aubange en 1997.

Marie-Antoinette. La fuite en Belgique. Enquête historique. Éditions Racine (Bruxelles), 2001.

Madeleine Ozeray, Ondine de la Semois. Éditions Racine (Bruxelles), 2008. Biographie, préface du comédien Christophe Malavoy.

La Traîtresse. Éditions Michalon (Paris), 2013. Roman historique, postface de Me Éric Dupond-Moretti, dans la sélection finale du prix Saga café en Belgique.

14-18. Quatre ans cachés dans le grenier. Éditions Jacob-Duvernet (Paris), 2014. Récit, préface de l'historien Jean-Yves Le Naour.

Les Frémissements du silence. Éditions Kiwi (Paris), 2020. Roman, dans la sélection finale du prix des librairies Club en Belgique.

IMPRIM'VERT®

Dépôt légal : mai 2022
Achevé d'imprimer par Dupliprint à Domont (95)
en juin 2022

N° d'impression : 2022053370
www.dupli-print.fr

Imprimé en France